饌
工广

唐泽 ／ 著

海岸线恋人

中国友谊出版公司

图书在版编目（CIP）数据

海岸线恋人 / 唐泽著. —— 北京：中国友谊出版公司，2021.5

ISBN 978-7-5057-5206-1

Ⅰ．①海… Ⅱ．①唐… Ⅲ．①长篇小说－中国－当代 Ⅳ．①I247.5

中国版本图书馆CIP数据核字(2021)第067944号

书名	海岸线恋人
作者	唐泽
出版	中国友谊出版公司
发行	中国友谊出版公司
经销	新华书店
印刷	唐山富达印务有限公司
规格	880×1230毫米　32开
	9印张　172千字
版次	2021年8月第1版
印次	2021年8月第1次印刷
书号	ISBN 978-7-5057-5206-1
定价	42.00元
地址	北京市朝阳区西坝河南里17号楼
邮编	100028
电话	(010) 64678009

版权所有，翻版必究

如发现印装质量问题，可联系调换

电话　(010) 59799930－601

1

我叫唐泽，我现在是一位很有名的独立摄影师，擅长人像摄影，在全世界旅行拍照。曾经有人问我，我最得意的作品是什么。

我告诉他，在我还是个名不见经传的摄影师的时候，我认识了一个日本女孩，然后拍下了那张挂在索尼世界摄影大展上的照片。

那张照片，是我认为最好的照片。

现在，我就告诉你，我和那个日本女孩，还有那张照片的故事。

好吧，那是在十年前。时间长得我都快忘记了具体是什么时候，但我记得，那天的感觉从一开始就很糟糕。

从日本东京飞往上海的航班上，飞机还未起飞，我的情绪就有些郁闷和无聊，感觉不太舒服。首先我一直不喜欢坐飞机，坐得难受；其次就是在我前后左右都是日本学生，说着一片我根本听不懂的日语叽叽呱呱一路——谁说日本人很礼貌很安静的？这帮日本学生就像吃了兴奋剂一样从上飞机就没消停过。

飞机上有二三十个好像是去中国修学旅行的日本高中生。被他们包围已经很不幸了。更不幸的是，周围全是男生，女生在前面两排。

我为什么坐上从日本飞往中国的飞机呢？

因为我喜欢摄影，是一个业余独立摄影师，借着春节休假接了一个拍摄的活儿，给一对情侣拍婚前旅游写真。原计划跟着他们拍遍大半个日本，但没想到刚到日本第一站熊本，小两口就吵架了，女的回国，男的跑到东京新宿歌舞伎町快活去了。

于是我就只好打道回府。虽然生意丢了，但也不是一无所获，定金扣掉回程机票，还剩下不少，但不够升级相机设备，这次回去还要继续榨菜稀饭地节俭度日了。

总之就是心情不太好，心情不太好就想安静一会儿，没想到我的邻座却不让我安静。他是一位中国留学生，直接猜出我是同胞，然后就自我介绍："你好，我叫李双。日本留学第二年。"

"你好，我叫唐泽。"我礼貌地冲他笑了笑。

"你也在日本留学吧？你在哪个学校就读？"原来他误会我也是留学生。

"不好意思，我不是去读书的。"

"哦，是出差还是旅游？"

"出差。"

他接着说："我在东京大学，如果下次来东京你可以找我。"不知道他眼神里是期待我对东京大学的反应，还是后面那句话。

我淡淡地回答："谢谢。"

也没观察他脸上是否有失望的情绪，就抱着手闭着眼睛等飞机起飞。

很快机舱传来广播，是中、日、英三种语言："旅客朋友们，欢迎您乘坐日本JNA航空公司航班……"

飞机开始慢慢滑行，JNA的空姐们开始沿着走道检查乘客座位。

我看了下时间。

PM 17:10，羽田机场。JNA航班NH1981开始滑行。飞机慢慢滑行至起飞跑道，停下，准备起飞。

PM 17:15。飞机跑道滑行，加速。耳边传来发动机的轰鸣声。窗外的景物被拉扯成长条状飞速划过。

一瞬间我突然感觉身体的重心被分离一下，然后整个身体快速升向天空。

飞机起飞了。

我往窗外看去，机场附近的景象像一块画布一样贴在窗口，仿如整个地面倾斜了一样。是飞机上仰的角度。

耳朵有种被堵塞的感觉，脑袋也有点沉闷。每次坐飞机都逃脱不了这种难受的感觉，所以我很讨厌坐飞机。

上冲了一段时间，飞机终于进入云层。

机舱窗外，云海浮动，一望无际。太阳轻轻地舔着云浪，将即将西下的阳光投射在飞机纯白的机身上，泛着暖暖的不太刺眼的光芒。

我出神地看了一会儿，发觉自己饮料喝多，有点尿急。起身向厕所走去。在路过厨房间的时候，我听见里面声音有点大，帘子开着一条缝隙。

我好奇地往里瞄了一眼。

两位空姐正在说话，虽然我听不懂日语，不过看得出年纪大的空姐正在训斥她面前的空姐。不知那位空姐长什么样，我只看见一个窈窕的背影，不过我想她应该很年轻，是个初入职的"菜鸟"。

我继续往前走，又碰见一位空姐。人长得漂亮，而且清秀脱俗。鉴于对方是个美女，我礼貌地微笑点头之余，脱口而出一句汉语："嗨，你好。"没想过对方听不听得懂。

出乎我意料的是，这位空姐以非常标准的汉语回复我："您好！"

"噢？"我站住脚步看着对方。

"请问您需要什么帮助吗？"说汉语的空姐礼貌地轻轻鞠躬。

"中国人？"我问。

"嗯。"她微笑着点点头。

"日本的客机上怎么会有中国空姐？"我问。

"当然有了，往返中日两国的航班上都会有的。"她笑了笑。

"你叫……赵佳佳。"我低头看了她胸前的铭牌，"你真漂亮，要是做我的模特就好了。"

我忍不住说道。这个习惯不知道从什么时候开始就有了，不是职业习惯，而是摄影习惯。

见到漂亮的女人，总想给她留下几张照片。眼前这位赵佳佳也是如此。当然，提出的邀约总会有百分之八十被拒绝，剩下的百分之二十也是很高的概率。

赵佳佳一愣，问："你是摄影师吗？"

"是的，刚从日本旅拍回来，然后又遇到了很多有趣的见闻。"这句话我跟不少女生说过，一般是为了给对方建立好感度，总之将日本地名改一改，就是不错的吸引对方的开场白。

"啊？是吗？真想听你说说，不过我现在正在工作。"赵佳佳压低声音说道。

我继续问："回国后，可否跟你约一次摄影呢？"

她突然脸色一变，轻咳一声："有人来了。"我往身后看了一眼，是那个喜欢训人的老太婆空姐——我不太想这样称呼她，不过她跟赵佳佳比起来，是有点老……

"那我先不打扰你工作了，有空再聊！我叫唐泽。"离开前我连忙告诉她我的名字。

"唐先生，请慢走。"赵佳佳很礼貌地在我身后点头致意。原来老太婆空姐已经走到她身后。

机舱外，天气晴朗，搭讪指数 99。

上完厕所出来，四处见不到赵佳佳，我有点失望地走回座位。正巧走到刚才经过的厨房间前面。帘子唰地一拉，走出一位空姐，端着盘子走在我前面。

我想起那个窈窕的背影，就是刚才那位被骂的年轻空姐。

可惜。

又没见她长什么样。

手机突然响了一声，是没电的告警。糟糕，登机后忘记关手机。正准备关了手机放回口袋，我后面传来一阵喧哗声，走在前面的空姐听到后，应了一声转过身来。

我没刹住，她也没刹住。俩人一下子迎面撞上。

日本空姐惊叫了一声，饮料随着声音从盘子上向我洒来。我下意识地往后躲闪，但还是泼到了裤子上。

她一看这情景，连忙慌张地走上前道歉，捏起围裙的一角要替我擦拭被洒湿的地方。

"喂！你会不会走路啊！你……"我怒气冲冲地抬头看着她。

我猛地一愣。

眼前的这位日本空姐长得非常漂亮，白皙的皮肤，吹弹欲破的瓜子脸蛋，还有那如湖水般波动的眼眸。

只是一秒间，我的心咯噔了一下。

但是一秒后，她好像发觉到什么，低头一看，低声惊叫了一声。我的裤子湿了一大片。

这对我来说不过是小事，但对于新人的她来说可是大事。很快，赵佳佳和那位老太婆空姐也过来了。

"唐先生，请问发生了什么事？"赵佳佳问。

"没什么，就是……碰了一下。"我解释道。

"你裤子湿了，没事吧？"

"不是热水，没事。"

老太婆空姐在旁凑过来看了一眼，然后责备地看了眼那位空姐，我看到那位空姐眼角都泛着泪光。

借此，我仔细看了下她的铭牌：绫濑结衣。

"绫濑结衣？"我念出她的名字。

她抬起头，美丽的眼眸波光盈盈，愣愣地看着我。

"她听到我在叫她吗？"我忍不住说道。

"她是日本人但也能听懂汉语哦！"赵佳佳在旁小声说道。

"噢？日本航空公司不但用中国空姐，还要求自己的空姐都会汉语？这就是专业啊。"

"跟我来下吧。"

"啊？"

"你的裤子。"

"没事的。"

"还是吹干吧。"

"好吧。"

临离开前，我让赵佳佳翻译转告绫濑结衣："让她别放在心上。"

然后我跟着赵佳佳走到飞机的操作间，我往下看了一眼，都快干了。我跟她开起玩笑："你现在要帮我擦吗？"

"你是在调戏我吗？"赵佳佳很严肃地看着我。

"当然不是，随口说下的。"我赶紧解释，有点玩脱了。

赵佳佳扑哧笑了："好啦，我开玩笑的。你还是拿条裤子换了吧。"

"不用了。"我摇摇头。

"这样出去会很难看的。"赵佳佳往下看看。

我裤子上还有明显的饮料痕迹。

"是吧……"我笑了笑。

"难道你没带裤子吗？"赵佳佳问。

"托运了，没带衣物在身边。"

"哦，是这样……"赵佳佳点点头明白了，很快，她又说："你去洗手间洗洗吧，我给你拿块毛巾。"

"算了吧。不用了。"

"走吧。唐泽先生！"赵佳佳轻轻推了我一下。

"我看还是你帮我擦擦吧。"

"……"

趁没人看到，赵佳佳轻轻捶了下我的肩膀。

一瞬间，心情激动不已，虚荣心满满——毕竟跟一个第一次认识的美女空姐打闹不是任何人都有的。

进入洗手间用清水洗掉裤裆上的污渍，搞完了我才走出来。赵佳佳站在门外等着我出来。

"谢谢了。"我向她道谢。

"不用客气。"

"对了，给你这个。"我从口袋里掏出一张名片。

我悄悄地把名片交到赵佳佳手上："回去后找我拍照吧？"

"看情况吧。"这是明显的敷衍，让我失望不已。

"我是诚心诚意地邀请，不如先加个微信吧？"

"上班期间呀。"赵佳佳抬起双手，腰际的曲线非常贴合，展露给我的意思是她身上没手机。

"那我回去等你信息。"

"好，我得看看我有没有时间。"赵佳佳把名片放到自己口袋里。

"好。那……我先回去了。"带着一点小失望，我转身离开。

"有什么需要，按服务灯我就来了。"赵佳佳还不忘在身后叮嘱。

"好！好！"

我回到座位刚坐下就远远看见绫濑结衣走过来，视线刚一交错，她马上掉头就走。

……

我那么可怕？刚才我是不是太凶了？好像没有。

李双正在听着音乐看杂志。我正寻思着做点啥，远远就看到空姐们推出了餐车，然后看到那位绫濑结衣。

就叫她结衣吧。因为绫濑结衣叫起来好长。

"请问是要鸡肉还是牛肉？"结衣把餐车推过来很礼貌地问。

"牛肉。"我点了下头。

"您好，您的牛肉套餐。"结衣把铝纸包好的餐盒放在我胸前的小桌板上。

"我跟他一样。"一旁的李双举着手说。

结衣推车离开。我还未打开铝纸餐盒，李双迫不及待地伸过头来对我说："在日本吃牛肉当属神户牛肉了。"

"你吃过，味道怎样？"我好奇地问。

"没吃过，那东西太贵了，有那钱还不如留着吃点别的。"

"其实也不见得怎样吧？就像法国人吃鹅肝一样，中国人吃了不见得好吃。"

"这你就不知道了，在日本大学里，不少中国富二代经常跑到神户吃正宗的神户牛肉，刷卡花钱眼都不眨一下。"李双一副羡慕的表情。

我从座位上探出身子往结衣的方向看。她正和同事推着餐车发晚餐。回想起她刚才的表情，我想过去跟她当面解释一下，让她别放在心上。

我这人见到美女就心软，尤其这种正版日系美女。

原本平静飞行的飞机突然抖了一下，后排的女士们惊叫了一声，然后又抖了一下，隔了几秒后抖动变得剧烈起来。

起初以为又是常见的碰到空气对流。

"没关系，只是碰上了气流。"李双在自我安慰。

"天空这么晴朗……"我目光越过李双看着舷窗外的天空。

窗外的云海已经染上一层霞光，红艳艳的色泽，像翻滚的橙色海浪，在太阳的余晖中，徐徐向后翻滚。云海的彼端，是层次日渐分明的苍穹。

空中观落日，有一种凄凉的美。

这时候机舱里传来广播，用中、日、英三种语言告知飞机遇上气流，很快就会过去。但是，我有种奇怪的感觉，这种振动不太像以往碰上气流的那种颠簸。

就像开车一样，是路面崎岖还是汽车的轮胎问题，司机大致能感觉出来。虽然我不是开飞机的机长，在气流方面没发言权，但坐过多次飞机总有点感觉，就是这次跟以往不太一样。

希望是我的错觉吧。

飞机恢复平稳飞行，一切又像刚起飞的时候一样。旅客继续享用小桌板上的晚餐，空姐们或推着餐车或端着盘子，穿梭在走道上。不时有人按铃叫来空姐，要毛毯准备饭后小睡一会儿。座椅的荧幕上放着日本电影《海猿4》。

日本空姐结衣走到我身边，突然用很蹩脚的汉语悄声问："您好，唐先生，请问需要饮料吗？"

我没想到她会说汉语，愣了半天才支支吾吾回答："不需要，谢谢。"

等她走远后，我犹豫半天才起身跟过去，一路跟进厨房。脑海里有一种隐约的尾行既视感。

厨房间只有她一人，我跟进去后轻咳了一声。结衣回过头一愣，连忙轻轻鞠躬点头说："您好。"

"刚才的事情你别在意，都不是故意的。你别放心上！"我一字一句地说道，生怕她听不懂。

她的确听不懂。

直到我说第三遍，她才听明白。

她点点头微笑着说自己听明白了，然后对我鞠躬感谢。日本人这种看上去很矫情的礼貌让我有点受不了，于是匆匆告别她回到座位上。

我正准备走进座位坐下，飞机又振动起来，这次振动的幅度很大，也很急促。我急忙抓住前面座椅的靠背站稳身子再慢慢坐下。

"好奇怪，今天太平洋上空的气流这么多？"李双皱着眉头自言自语，又跟坐在靠窗边的日本旅客聊起日语。

我往窗外看去，外面的天际渐渐变黑。随即一种不安的情绪笼罩在心头。

我一直等着结衣再次经过。想跟她打个招呼，然后心底有个小小的小恶魔想法：留个联系方式。

正想着她，她真过来了。

结衣走过来被我叫住。

"您好，先生。请问有什么事？"结衣轻声问。

"给我倒一杯橙汁。"我随便找了个借口。

"好，请稍——"

飞机整个机身突然剧烈摇晃。结衣站立不稳，我连忙伸手扶住她。但是飞机没有恢复平静，振动越来越剧烈，机身来回倾斜，窗外的云海飞速掠过不断变幻的角度。

机舱里一片惊叫。头上的安全带警示灯亮起，可是走道上依然站着人。机身向下倾斜的角度越来越大。

耳边传来滚轮转动的声音，而且越来越近。

是手推餐车！

我急忙抱住结衣把她拉入我的座位前面，几乎在同时手推餐车从我们身边呼啸而过。耳边不只是旅客的叫声，还有整个机舱所有物件的抖动声，感觉飞机要被撕裂了一般。

"Mayday！ Mayday！"广播里响起的是男声，后面听不懂叫什么。

说到一半广播声就断掉了，听到的好像是两个人的声音。

飞机还在倾斜，急速下降。过了许久，下降才开始慢慢减缓，机身慢慢调整姿势，渐渐恢复了平稳。许多人仍然惊魂未定，有女人在尖叫，有人在祈祷，机舱里一片混乱。

其间结衣艰难地扶着座椅，往前小跑，她看到有人来不及系安全带从座椅上摔在过道上。

最后飞机总算恢复了平稳飞行，不过安全带指示灯依然亮着。结衣从我身边路过，对我道谢："刚才很谢谢！"

"没事。"

待结衣走后，我看向旁边同样惊魂未定的李双："刚才是怎么回事？"

"飞机出故障了。"李双说。

"废话，谁都看出来了。"我碎碎念。

"你听到刚才的广播了吗？好像是飞行员的，应该是危急中按错了频道。"

"我听到了 Mayday，国际求救呼叫。不过后面说的是日语，我听不懂。你听得懂吗？"

"不只是日语，还有英语，是日式英语，因为口音较重，你一下子听不出来。"李双嘴角上扬，一副陶醉于自己出众听力的表情。

"说了什么？"

"最关键的是 HYDRO down！"

"HYDRO 是什么？"

"飞机的运作油。"

"什么是运作油？"

"客机的操控和着陆装置都是由运作油来遥控操作的。用 down 应该是非常紧急的。这可不是汽车的机油或汽油。没有了运作油，升降舵和方向舵不能使用，飞机就不能操控了。也就是说……"李双一脸恐惧的表情，睁大眼睛，好像被自己的话给吓到了。

"也就是说怎么了？"我连忙追问。

"我们会成断了线的风筝。"

"喂！等等！是不是真的呀？你怎么懂这么多？"我赶紧问。

"我是大学航空研究协会副理事长。"李双笑得很难看。他额头浮出豆大的汗珠。这个时候碰上一个自诩航空专家的人，不知是喜还是忧。

此时，广播声响了。是一个声音厚重又带着磁性的男声，并不是刚才惊慌按错频道呼救的年轻点的声音。还未说完机舱里的日本人一片惊慌议论，甚至有人怒吼起来。等广播里的男人说完日语后，机上的空姐接着用汉语翻译:"旅客们,我是机长伊藤,飞机现在遇到故障,我们决定继续保持航向飞往最近的机场迫降。请系好安全带,如果需要帮助请呼叫乘务人员,谢谢!"

李双说的是真的。

"你刚才说这个运作油如果没了,飞机可以安全降落吗?"我再问李双。

"不能。"李双脸色苍白地答道,"油压系统没有了运作油,飞机无法操控就不能降落啊!升降舵和平衡舵都不能用如何安全降落?而且如果飞机无法放下减速板,车轮刹车无法使用,飞机会直接冲出跑道。产生撞击后,飞机上的乘客会承受全部的动能,也就是冲击力。安全带……"李双指了指腹部上的安全带,吞了吞口水继续说,"会把乘客撕成两半!"

"……"我无言地看着他。李双十分肯定地点点头。

我希望李双是在开玩笑,在说假话吹牛。可是理性告诉我,这个可能性很大。

我往走道上望,结衣正在和同事们安抚旅客情绪。一直未见的赵佳佳也出现在我的视线里,远远地跟我打了个招呼。

机舱广播响了几声,结衣和其他空姐纷纷回到自己的位置坐好。隔了一会儿,飞机突然倾斜着急速下落。机舱里一片惊叫。

"开始坠落了吗?"我问李双。

"不知道。"

"这是正常的吗?"

"不知道！不知道！不知道！"他惊慌失措地大叫。

隔了一会儿飞机又开始向上倾斜，我感觉到整个身体在往上升——飞机上往上飞。这是怎么回事？

紧接着机身又向另一边倾斜急速下降。

"到底怎么回事？"我感觉到一股气压压着耳膜，几乎耳鸣，只得扯着嗓子大声问李双。

"我不知道！"李双也朝我大叫。

"你不是什么鸟航空协会的理事长吗？快解释啊！"

"×！我又不是开飞机的，我怎么知道啊！"

飞机这样一上一下，机身左右晃动的状况持续了好一阵子，才渐渐平稳。机舱里也稍稍平静，不时有人大叫着听不懂的日语。

李双平静下来后，吞吞吐吐地说："难道是……"

"是什么？"我迫不及待地问。

"因为无法正常操控飞机。机师应该在尝试用引擎来操控飞机吧？"

"吧？！准确点啊！"

"不知道啊！就是用引擎来操控啊！"

"用引擎？"

"在理论上用引擎也可以调整飞行方向，不过风险很大。"李双继续解释。

"用引擎怎么飞？"我虽然不懂里面专业的东西，但是我知道飞机调整方向是翅膀上那一排叶片。

"其实很简单，调整飞机左右两翼的引擎输出功率就可以了！"李双像老师解答难题一样，轻松应对。

直到这时他的神色才稍微放松一点。

"调整功率。你是说一边力大一边力小，就可以改变方向，就像船在大海中扬帆一样？"

"不过，这比水手操纵风帆难多了。我们假设现在飞机因为运作油漏完，方向舵和升降舵失灵，只能靠引擎调整航向。那么，驾驶的机师要非常小心调整引擎功率，如果速度输出过快，在没有升降舵和方向舵辅助的情况下，飞机很可能会一不小心进入蛇形盘旋。到那时候，就彻底完了。"

"蛇形盘旋是什么意思？"

李双抬起手指朝下螺旋转圈。"就是这样，天旋地转了。"

"那我们能安全降落吗？"我问。

"别问我这个。"李双摇摇头，他的表情很糟糕。

气氛开始变得很沮丧。

沉默了一会儿，他开口道："飞机不能在跑道上降落，可能考虑迫降在海上。在海面可以增加减速的作用也不用担心火灾问题。不过，很危险，你看。"李双指着窗外。

机舱外夜色降临。月光下的云海带着别样的美感，云层灰暗中透着浅浅易见的白色。

"有什么问题？"我问。

"夜晚。在夜晚的海面上迫降，外面一片漆黑，机师无法判断海面的情况。而且现在飞机无法减速无法准确飞行，如果海面上的风浪再大一点，一排排浪尖就像一排排锐利的刀片一样。迫降角度不对，飞机会被切成一段一段。后果和在跑道上迫降没什么区别。不要指望出现什么哈德逊河奇迹。"

"那怎么办？难道要等死吗？"我压低声音问。

"我不知道！我不知道！别再问我了！越问越烦啊！"李双抱着双手懊恼道。

这时候两侧机舱沸腾起来，靠窗的人纷纷往窗外看去，不少人都在大声议论着，指着窗外。

窗外有什么？我挤着李双伸头去看。

机舱窗外正飞着一架战斗机，深色调机身上一个红色的实心圆，我一眼便认出来，这是日本的！

"日本航空自卫队？"我脱口而出。

"没错！是航自！"李双说道。

"这飞机看上去眼熟。"我眯着眼睛仔细观察。

"是隐身战斗机 F35J，美国授权日本生产的版本。"李双在旁解释。

"原来是 F35。咦！？想不到你还是军迷。"

"当然了！我也是军用飞机爱好研究会副会长！"李双扬扬得意地说。

"……"

大概有两架日本航空自卫队的战斗机在我们这架客机两侧护航。

战斗机的出现多少让许多紧张的人心情为之一松。

客机上的小孩不断向战斗机招手和欢叫。距离很近，我大致能看清战斗机的飞行员也在向客机打招呼。如果在平时，没有这种险情，大概会是一次非常难得的飞行经历吧。可是现在对许多人来说只是平添一点点安慰罢了。

日本航空自卫队的两架战斗机前来护航并没有让机上的乘客高兴多久。很快，乘客中颇有见解的成年人冷静下来，把更多的议论转化为各种猜测。有人按捺不住，站起来冲着机舱叫喊日语。我不知道他在嚷着什么，也没有心思去问正趴在窗口饶有兴致观赏战斗机的李双。

越来越多的人开始鼓噪起来。虽然听不懂，但我大概可以猜出他们在说什么——他们要答案，飞机故障的答案以及生还的希望。

空姐们对乘客的好言安抚已经几近失效。是该有人出来解释一下了。我想如果真的像李双说的那样，还不如不说。因为按李双的设想生还概率是极低的。

"奇怪，为什么战斗机的飞行员不断朝后面看。"李双自言自语。

"看什么？"我凑过去问。

"我不知道另外那一架是怎么回事。不过我仔细看了下。飞行员的视线一直停留在飞机后面或者稍微往上一点。"

"后面稍微往上一点？尾翼？"

"上面是垂直尾翼，两边是水平尾翼。他们好像看的是垂直尾翼。"李双皱紧眉头，不太确信。

"垂直尾翼有什么事吗？"

"垂翼……对了！"李双全身猛地一震，坐直身子瞪着我看。

"怎么了？"

"运作油都集中在垂直尾翼的位置！难道是尾翼出了问题才出现泄漏的情况？"李双眉头紧锁，像是在自问自答。

"可是尾翼要是出问题，那我们怎么还能那么平安无事地飞在天上。"

"按理说，垂直尾翼的作用是保证飞机的航向平稳和容易操纵。如果垂直尾翼出现故障或者断裂，飞机很可能早就进入蛇形盘旋了。也许是这架飞机的机师操控技术好？"李双抱着双手歪着脑袋陷入深深的疑惑当中。

这时候飞机的广播响了，我又听见那个叫伊藤的机长的声音。他说了很长，有不少人听到中间就哗然大叫起来，甚至有女人带着哭腔喊叫。

李双听后重重叹气。等伊藤机长说完日语，乘务长再用汉语说了一遍："各位旅客，我是机长伊藤。很抱歉，现在由我来告知各位本机的状况。我们的飞机由于垂直尾翼断裂坠落，造成用于操控飞机的运作油泄漏，飞机现在已经无法安全降落在机场上。为了旅客们的安全，我们准备在一小时后，迫降在东京湾上。请大家配合机组乘务员做好迫降准备和相应措施。非常抱歉。"

最后的希望破灭了。

现实残酷得像下面的海水一样冰冷。

空姐开始穿梭在走道上，拿着小布袋收集乘客的手表和耳环等饰物，还要求女乘客脱掉丝袜和高跟鞋。

"这是为什么？"我问李双。

"是安全规则。飞机迫降在海上后会放下充气滑梯，如果有尖锐物会划破充气滑梯。脱下丝袜是防止发生火灾吸附在乘客皮肤上造成二次伤害……"李双认真地解释。

过了一会儿，空姐们开始帮助乘客穿上救生衣。在机舱里每隔一段距离便有一位空姐在演示如何打开救生衣，座椅上的电视屏幕也在播放如何通过充气滑梯逃生，在海面上如何应急，等等。

"准备了这么多，可是飞机如何安全降落在海面上？"李双眉头紧锁地看着窗外。

窗外一片漆黑。

只有高悬的明月将天空的浮云隐约显映在眼前。日本航空自卫队的 F35 像只安静的海鸟静静地陪伴着我们。

广播传来：飞机在慢慢下降高度。

飞机的高度不断下降，已经到了可以俯瞰大海的高度。可是黑夜里什么都看不到。借着月光也许可以看见那条黑色的海岸线。

窗外的战斗机闪着红绿的航灯静静地在旁边伴飞，没有一丝躁动，让人不知不觉间多了几许奇特的安逸感。

机舱里却是另一番景象，不安和恐惧在每个人脸上浮动。虔诚的信徒们开始向各自信仰的神默默祈祷。

"我不会游泳。"李双说。

"我也不会。"我暗自叹气。我来自海滨城市，却不会游泳，以前觉得没什么，现在后悔莫及。

李双面色惶恐地说道："不会游泳还是后面的事，现在能不能安全降落还不好说！飞机无法打开扰流板，不能减速的飞机直接划在海面上——"

"你别再说了，越说越瘆得慌。"我立即打断他。

广播里响起了日语播音，然后切换成汉语："您好，乘客们，距离迫降还有二十分钟左右，请不要打开手机和其他电子设备，以免影响本机对外联系和迫降的安全。谢谢！"

还有二十多分钟，命运的审判就要到来了。

就算闭上眼也无法做到心情舒缓，只会让自己不断紧张。闭上眼，反而深切地感受到飞机高度的下降。那是一种很奇怪的感觉，被一种莫名的力量往下带，越往下越有一种说不出的恐惧感。

如果在平常，飞机的降落，对许多害怕飞行的人来说是一种安慰。可是现在，谁都不想降落，哪怕在天上飞一辈子。头上的指示灯鸣闪了，是安全指示灯。

李双在我旁边轻声说了一句："唐泽，如果能活下来，我请你喝酒，请你吃神户牛肉，请你吃最贵的寿司，请你去新宿歌舞伎町玩一星期……"

我不禁莞尔一笑："歌舞伎町？这么放肆，你没女朋友吗？"

"有呀，她就在——"

话没说完，就被突然响起的广播打断了。机长的日语说过后，机舱里响起一片轻轻的欢呼声，一些人脸上露出轻松的表情。

乘务长的汉语广播传来了："乘客们，我们即将在十五分钟后迫降海面。由于已是黑夜，海面能见度几乎为零，为本机迫降带来很大的困难。但是！日本海上保安厅和日本海上自卫队在东京湾海面上用信号灯为我们铺设了一条指引本机降落的临时'海上机场'，乘客们！我们并不孤独啊！"

是的，我们并不孤独。

有人哭了，老人和妇女抹着眼泪哽咽。更有人大声哭泣。

生还的希望再次增加。

"原来是这样！"李双发呆地看着窗外，回头过来说，"用水中信号弹在海面上铺设一条类似机场跑道指示灯的海上降落通道。这样，机师就可以看清海面的情况安全降落，也不用稀里糊涂地一头扎进海水里。"

"大家都在努力，不只是我们想活着。所有人都在尽全力帮助我们，让我们活下来。"我看着窗外那架静静陪伴的战斗机。

"还有十分钟就降落了。"李双看了下表。

"那是日本哪里？"我指着窗外有点灯光的海岸线。

飞机的高度很低了。

"大概是九州岛，或者是冲绳吧？"李双也不确定。

机舱里有人又起了喧哗。战斗机飞走了，机身一侧，向上空飞走。告别了陪伴许久的战斗机，每个人心中突然有种失去依托的害怕。

机舱里安全带指示灯鸣闪。

空姐们再次来到机舱走道，为我们做迫降时自我保护的示范。

"请把双手放在前排座椅上，头低下！前排的乘客，请低下头双手抱腿！请低下头……"

我看到机舱外飞速掠过的海面上有亮着航灯的船只，是海上保安厅和海上自卫队的军舰。机舱里传来剧烈的振动声。

机舱广播又响了，是机长的声音："如果我们都活下来，降落后我请大家好好喝一杯！"有人听了不禁一笑，紧张的气氛稍稍轻松了一点。

所有乘客纷纷把手按在前方的座椅上，把头低下。我和大家一样，穿着救生衣，做好了防迫降冲击的准备。

时间在倒数。

飞机还没有贴上海面，还在海面上空几米或十几米飞行。

短暂的时间却如此漫长。

耳边传来剧烈的轰鸣声，似乎是发动机的气流跟海水激烈碰撞的声音。

机身剧烈抖动，还未接触海面。

这样的想法刚结束，一声刺耳的巨响传来。

伴随而来的是巨大的冲击力和振动感，突然压迫全身，顿时感觉五脏六腑都被震碎了。

飞机与海面接触了。

振动越来越剧烈，整个机舱恍如撕裂般在振动。耳际传来海水的激荡声，像是巨大的利器在切割海面。

机舱里的灯一闪一灭。手扶着的座椅在剧烈振动，好像随时会断裂。机舱里各种叫声此起彼伏，我已经无暇理会这是什么声音了。

我只知道自己在拼命喊叫，似乎要把恐惧倾倒出来。

我暗暗祈求飞机，求求你快停下吧。

一声巨响，似有东西断裂。坐在机舱里我也感受到了断裂产生的振动。是飞机断了吗？

机舱完好无损。

机翼？还是发动机？不管是什么，只要机舱完好无损地停下，就足够了。

飞机还在海面滑行。巨大的响声充满整个耳朵，压迫全身的冲击力仍然不减。

我有种可怕的预感。如果再继续这样高速海面滑行，机身真的会断裂掉。

为什么就不停下呢？

我撕心裂肺地叫喊，但震耳欲聋的声音掩盖了我的声音，我只感觉到自己在无声地嘶吼。

然后，我感觉速度慢了下来。

突然又一声巨响。

飞机像是撞到了什么，剧烈的冲击力狠狠地将我从座位上抛起，安全带又扯住我将我的身体拉下来。

灯光熄灭之前，我看到眼前一片血红。

那是飞舞的血水。

还有，在半空中飞舞的人。

破裂的机舱舷窗，断裂的安全带，飞在空中的人……

只是一秒不到的时间。但是，画面如此深刻。

下一秒，天崩地裂。

机舱裂开了。

海水飞溅而入。

一切都被疯狂撕裂。

人、座椅、行李、血水……

海水在机舱里四溅，带着咸味的海风扑鼻而来。前面的座椅脱落断裂撞在我身上。

我眼前一黑。

黑暗。

看不到光。

死了吗？

没有。

我能闻到海水和血水的味道，四肢能感到冰冷的海水，能感到金属刺入皮肤的刺痛。

我没死。

我似乎漂浮在海面上。

不对，是漂浮在机舱残骸的水里。也不对，应该是在水里的机舱残骸里。不管是什么，我还活着。

四周很安静，没有了引擎的轰鸣声，没有了海水的激荡声，没有了乘客歇斯底里的哭喊，没有了……

天空一片黑暗。

是夜空。夜空居然如此灿烂，繁星点点，弯月明亮。

周围是撕裂破碎的机舱残骸。

鼻尖弥漫着浓厚的血腥味、汽油味和海水的咸味。眼前的机舱残骸如刀削的冰山直指星空，随着海浪轻轻摇曳……

耳边传来马达声，像是小艇。

一道刺眼的白光从眼前划过，接着很多道白色灯光像一根根白色触手，扫过漆黑的海面。

我听见日语喊叫声。

是救援人员吗？

我用力抬起手，一阵钻心的痛楚。右手抬不起来了，我换左手，勉强举起一个高度。

有人看见了吗？

我把头扭向白光的方向。刺眼的光晕边有几个人站在一艘橡皮艇上，摇晃着叫喊着。

还是没人看见吗？

我用力抬起手，却不能再举高。

放下手拍打海水。

再次抬起，再次放下拍打海水。

直到第五次。

终于，白光照射在我身上。

我听见橡皮艇马达靠近的声音。

扑通，有什么落水声。

然后听见有人拍打水面向我游来。

那个人抓住了我，在我耳边喊了一声。

我看着他。

终于看清了他。

实际上，却看不清他的样子。他全身裹着潜水衣，头上戴着能罩住半张脸的潜望镜，嘴边挂着氧气嘴。他只是笑了笑，好像很轻松的样子。

这个时候，怎么还能感到轻松呢？是因为你们找了那么久，终于找到我一个幸存者而感到高兴吗？

橡皮艇慢慢靠近我，从艇上伸出几只手，我头一侧，看见了熟悉的人。

李双正躺在一块机舱和座椅连在一起的残骸上，脸斜斜地看着夜空。他一只手死死拽住我的衣服，支撑着我的半身，才没让我沉下去。

"李双……"我用尽力气喊了一声，但是肺部传来剧烈的疼痛，声音不大。

他没看见救援人员吗？还是他痴迷于夜空？我伸手碰了下他，全身冰凉。

一种已经确定又不敢承认的感觉袭来，我再次推了推他，艰难地喊着他的名字。

救援人员轻轻拍了下我，把手电灯光移过，我随着灯光看去，才看清李双另一只手没了，下半身也没了。救援人员抬手盖住我的双眼，他不想我再看了。

马达声再次响起，我感觉到我在海面上疾驰。

一阵清凉的海风吹过，救援人员放开了手。我把头稍稍抬了抬，跟着他们指的方向看去，一架笼罩在无数灯光下的白色客机机体浮现在我眼前。

这已经不是一架完整的客机了。眼前这架飞机前半段断裂，断裂的部分里就有我的座位。

后半部包括机翼部分完整地漂在海面上，无数橡皮艇和救援船把飞机的后半部围住。

我再把身体用力抬起，勉强可以看到黄色的充气垫从飞机的出口处延伸至海面。穿着救生衣的乘客一个个往下滑，再被下面的救援人员接住送上小艇。

飞机周围的海面上，停泊着数不清的船只，有军舰，也有民用救援船。

我再次把视线转回飞机的后半部。

飞机流线型机身上缺少那巨大的垂直尾翼，像一只断了头的大白鲨。

我依稀看见一位穿着 JNA 制服的空姐，站在机舱出口处，指挥着乘客离开。

我渐渐想起来，那是赵佳佳。

……

2

我再次睁开眼睛的时候，发现自己躺在洁白的病房里，窗帘缝隙里射进来刺眼的阳光。

一个人影很快遮住了刺眼的阳光。他拉上窗帘，转过身走到我面前坐下。

"你醒了？"男子笑了笑，说的是汉语。他有些秃顶，戴着一副金丝眼镜，一口我熟悉的上海话。

"你是谁？"我问。

"我是中国驻日本大使馆的刘洋。唐泽先生，你已经睡了三天。之前你在冲绳的医院，昨天才把你送到东京这边。"

"东京？"

"嗯，东京大学附属医院。"

接下来他告诉了我这次飞机事故中，机舱外发生的一切。

飞机在空中早已失控，它的垂直尾翼在空中突然断裂坠落，最后在机长出众的操控下，飞机勉强保持飞行姿态，直至飞到东京湾海面上空迫降。从技术上讲，迫降是成功的，可是飞机还是发生前半部断裂，断裂处乘客大多数死伤。

幸运的是飞机中后半部分的乘客大部分活了下来，很快被日本海上自卫队和海上保安厅的救援小艇救走。

"你身处飞机断裂部分，能活下来已经算是奇迹了。"刘洋说。

"除了我，还有谁活了下来？"我眼前突然闪过李双最后的样子。

"还有不少乘客被成功救了出来。"

"342名乘客和机组人员，227人生还，115人罹难。虽然是一场灾难，可是对于飞机当时的状况来说，生还率能够达到将近七成，已经算不错的了。"刘洋轻轻叹了一口气。

"那个机长还活着吗？"

"他还活着。但是他的副驾驶机师却死了，还有乘务长也死了。听说是在海面滑行时候为了救一位不慎滚落地面的小孩，在飞机断裂的一瞬间撞到门。她抱在怀里的孩子却活了下来。"

我突然记起那个没给我留下好印象的老太婆乘务长，完全是反派的样子，没想到却是一位舍身救人的英雄。

我想起了赵佳佳，于是问刘洋。

"还活着，而且表现得很勇敢，还被电视台拍了下来。"刘洋把手机拿来给我看。

手机上显示的是高空俯拍的画面，飞机后舱门放出的气垫滑梯边缘站着的就是赵佳佳。

那个绫濑结衣呢？

我忍不住问刘洋。

刘洋摇摇头说："不好意思，我这里只有中国人员的名单。"

几天后的早晨，阳光刚刚变得浓烈起来，病房的房门就推开了，进来几个医生和护士，把我抬上轮椅——其实我可以走路，然后我被送到机场，登机回了国。

在上海休养三个月后，我向公司提交辞呈，离开了上海。

一是空难后家人叫我回去休养；二是因为自己总跟上海这座城市格格不入，没有一点归属感。每次从东方明珠塔往下俯瞰，总感觉这座城市是那么陌生，无法把上海当作自己的城市。也许，这就是外乡人的惆怅和无奈吧。

回到海口一星期后，已经入夏。

傍晚的天空，呈现许多层色彩。从天顶蔚蓝的苍穹直至地平线，天际的色调慢慢暗下来。天气也不再那么炎热，从海面吹来的风，让即将入夜的城市清爽舒适了许多。

今晚我迎来了人生的一件大事，相亲。虽然他们嘴上不说，但我知道他们的目的是什么。相亲就像淘金，命好就会淘到颜如玉；命不好就是如花了。我的运气一向不好，不然我也不会上那架飞机差点命都没了。

我们一家三口先来到了一家海鲜酒楼的包厢里，点好菜没过多久，包厢的门被推开了，先走进来的人我很熟悉，薛阿姨。

薛阿姨？

那么跟在她后面进来的是……

何芮！

何芮是我小时候同院子的女孩，小学三年级时她爸爸被调回北京工作，没多久她和她妈妈也跟着搬回北京。一晃十几年过去，我对她的唯一印象就是刁蛮、任性。

跟着薛阿姨进来的是何叔叔，依然是我印象中的那副孔武有力的模样、壮硕挺拔的身躯、棱角分明的面庞，你能想象他是搞科研的吗？我看更像是古代的大将军。这也是为什么何芮小时候在院子里那么嚣张，没有哪个小朋友见到她爸爸不吓得赶快跑的。

如果没见过何芮的人见了她父亲，大概会很绝望，因为女儿大多数会像父亲。不过可以放心的是何芮长得像她妈妈。我想这应该是她人生中最幸运的事了。

我老爸和何叔叔一见面，就是来了个老朋友式的熊抱，然后嘘寒问暖，互相拍拍对方肩膀胸口之类互相打量着，就像久别重逢的战友。

接着进来的就是何芮了。

我很好奇十几年过去，当年那个小女孩现在长成什么样了呢？

从门口走进来一位女孩，鹅蛋脸，柳叶眉，湖水般清透的双眸，鹅脂般白皙的皮肤，身材高挑，长发碎碎地披着，整个人散发着淡淡的娴雅气息，仿如初夏安静的傍晚。

这是何芮？

她长大了居然这么漂亮，怎么看都无法把她和十几年前那个成天在院子里跟男孩子打架的野丫头联系起来。

"哎呀，这是小芮吗？"我老妈也难以置信。

"颜阿姨好。"何芮礼貌地打招呼。

"小芮变得好漂亮呀！阿姨都快认不出你了。"老妈由衷地赞叹，又对一旁的薛阿姨说："养这么漂亮的女儿，真羡慕你呀！"

"哎哟，看你说的。"薛阿姨把视线移到我身上，"这是唐泽吧？我也快认不出来你儿子了！"

"薛阿姨好。"我礼貌地点点头。

薛阿姨笑呵呵地拉着何芮走过来："小芮，你还记得唐泽哥哥吧？你以前整天追在他后面又打又闹的。"

何芮不好意思地笑了笑："唐泽哥哥好！"

"你好！"真的是女大十八变……

"哎呀，大家坐吧，坐下来慢慢聊！"老爸开始招呼起来，"服务员，上菜！"

两家人围桌而坐，服务员也开始准备上菜。上菜前，两家的家长开始互相闲聊着，话题自然转到我身上。

因为那场空难全国人民都知道，能从那场死伤数百人的空难中活下来，这种体验是任何一个喜欢故事的人都好奇想打探一番的。

这是我回到海口后经常面对的问题。我在回答何芮父母的问题时，何芮没怎么说话，一些惊险的地方也不像她父母那样表情几番变化，整体很平淡。

女人跟男人关注的焦点是不同的，比如何芮爸爸关心的是飞机为什么会出故障，何芮妈妈关心的是机上乘客的家人心情。

好不容易说到话无可说，我才吃上几口饭。但很快，话题就转到了孩子们身上。

"小芮回来后在哪里上班？"老妈问。

"在航空公司当空姐，才去没多久。"薛阿姨回答。

空姐？何芮当空姐？这么巧，真不可思议。

难怪她那么淡定，大概航空界这两个多月来已经讨论了好久。

"空姐？当空姐很好呀！"老妈随口的接话大概跟我的心情一样五味杂陈。只要说到航空呀飞机之类的，总是会跟我那次九死一生的空难联系起来。

薛阿姨却摇摇头皱着眉头说："当空姐有什么好的，又累对身体又不好，而且危险。我还打算过阵子给她找个单位呢。"

是呀，当空姐有什么好的，一场空难，死了多少个空姐，能活下来就是万幸。这点我深有体会，也有发言权。

当薛阿姨说这话的时候，何芮吃菜的动作停顿了一下。大概心里不高兴吧。

"唉，不说这个了，说了头疼。对了，小泽现在做什么？之前不是在上海做什么金融吗？"薛阿姨突然话锋一转，把目标转向我。

"他回来后还没找工作，还在休养。他现在在搞摄影工作室，不过不是主业。"

"那是，找份稳定的工作比较好。"

"妈！我不舒服，我想回去。"何芮突然趴着薛阿姨的肩，软绵绵地撒娇。

"你哪里不舒服？"薛阿姨问。

何芮看了我一眼，在她妈妈耳边小声嘀咕起来。薛阿姨听完何芮的话点点头说："好吧。"

坐在旁边的老妈连忙说："小泽开车，让他送小芮回去吧。"

"哦，好吧。"薛阿姨犹豫了一下表示同意。

"放心吧阿姨，我会把她安全送回家。"我边说边起身。

何芮听见妈妈同意了，马上站起身向我老爸老妈告别。"颜阿姨，唐叔叔。不好意思，我先走了。"

"那薛阿姨，何叔叔，我就先送小芮回去了。"我刚站起身，何芮已经走到门外。

她的脚步怎么一下轻盈起来。她到底怎么了？

我出了包厢，看见何芮已经走远。我朝她叫了一声："小芮，等我一下。"

何芮停下脚步，拿着的手机上微信响个不停，她轻蔑一笑："这种无聊的相亲局，我还是去找朋友唱歌逛街有意思。"这是她小时候惯用的伎俩，喜欢装可怜骗大人同情。她每次欺负完别人后都用这招，而且效果很不错，连被欺负的小朋友的家长都不知不觉地爱怜地站在她那边。

我无奈一笑，点点头："是啊，我也是这么觉得。一起走走。"

"随便，但不同路哦！"何芮低头看手机。

我们走出酒楼的大门，一股清凉的夜风扑面而来，全身顿时舒爽了许多。

城市的夜景在霓虹灯中繁华而耀眼。公路上的车辆不断在我眼前穿行而过，闪烁着晃眼的车灯。

"我送你吧！"

"不需要。"

"喂，你一点都没变啊！"

何芮突然停下脚步，转身面对我，随着夜风，她身上的一股淡淡清香随风而来。"放心，我们大家都长大了，不会随便打架啦！"何芮笑呵呵地轻轻拍了拍我的肩膀。

"是吗？呵呵……"我应付地笑了笑。

"不过呢，我可要警告你，不要再打我的主意哦！"何芮指着我。

"打你主意？"我听了心情很不爽，"谁会打你主意呀！任性……"我一时嘴快，发觉时已经收不住了。

"你说什么？"何芮皱起眉头。

"我说你任性没礼貌。"我毫不示弱。

"我哪里任性了！"何芮倔强地反驳，脸上也有些愠怒。

"哎！你看看，这不是了吗？你可是空姐呀，注意你的说话礼仪，要轻声细语，还要时刻保持微笑！"我也不知道为什么会说这些，大概是习惯，从小我就喜欢这么逗她发火，应该是我小时候寻开心的一种方式。

"我是不是空姐关你什么事！我说话礼仪关你什么事。要你管！"何芮的声音越来越大，丝毫不顾及周围开始侧目的行人。

"当然不关我的事，我也不想管。可是想想我们也算是从小玩到大的，见你一辈子嫁不出去没人敢要，真是好可怜你呀！"我装出很惋惜的表情，对她摇摇头。

好多年没有这种感觉了，再试一次感觉还不错，逗她生气挺有意思。她生气的样子很可爱。

"你！"何芮咬着嘴唇，嗔怒地盯着我。

"怎么？我说的不对？你这样子，就是嫁不出去，没人要！野丫头！"我得意地笑起来。

"过分！"何芮大叫一声。

"啪！"

一声清脆的响声。

何芮的巴掌一下甩过来，我还来不及反应，就挨了一记耳光，脸颊顿时感到火辣辣的疼。

"你！"我捂着脸惊诧地看着她，想不到她真敢打我。

何芮涨红着脸又朝我小腿猛踢了一脚。我痛叫一声弯下腰，虽然她没穿高跟鞋，但这一脚足够疼的。

"混蛋！"何芮甩下这句话，转身就走。

"喂！你站住！"我抬起头，忍着疼好不容易地喊了一句。她头也不回地消失在人流中。

我想追上去，可小腿的疼痛感让我跟跄了一下。

再看，何芮已经看不见了。

三天后，我来到海口的国际金融大厦。

这里有一家金融公司需要一个摄影师帮忙拍摄宣传片，是我同学介绍的业务。在没找到正式工作之前，先接一些摄影订单还可以打发时间。

进入这家公司，让我想起以前在上海工作时的情景，那时候的工作单调又重复，没一丝激情，每天朝九晚五，一上班就要打开各种金融数据报表和新闻页面，然后做成各种数据分析报告上报。偶尔抬起头看一下偌大的金融部办公楼里在各自办公隔间井然有序工作的工蚁们。我也是一只工蚁。

眼前的这些人也会有我当时的心情吗？

"你好，我是张伊达。"负责接待我的是个腼腆的大男生，一张大白脸上嵌着一双眯眯眼，当他对你憨态可掬地一笑，你会觉得是哆啦A梦在朝你微笑。

"很抱歉，因为经理要换人了，所以那项业务可能要暂停一下，但是合同既然已经签了，我们也会完成的，这你不要担心。"

过了没多久，一脸遗憾和抱歉样子的张伊达走过来，在我跟前的椅子上坐下。

"是不是情况不太好？"我问道。

他点点头。"新来的领导还没报到，现在带班的领导之前就对我们老大不爽，他未做完的一概否决。"

"是吗？"我倒没多大失落，毕竟已经习惯了这种被人拒绝的状况。

但说没有失望那是不可能的。

张伊达将一个信封递到我跟前，"这是几张棒球票，中国对日本，过几天开始。"

"好，谢谢。"我接过了棒球票不知道该说什么好。我知道这是张伊达是在以个人的方式表达歉意。

"对了，能帮我个忙吗？"张伊达诚挚地看着我。

"什么忙？"

……

夜晚的星空静谧，机场高速路上响彻着汽车的引擎声，路灯的光晕不断在车窗前滑过。夜风吹拂在脸上，有说不出的畅快感。

我带着张伊达开车到了美兰机场外的海航基地，在停车场停好后，张伊达拨通了一组手机号，然后低头在一旁嘀咕起来。

张伊达的新领导今晚会从上海到海口，张伊达临时受命去接领导，不会开车的他只好请我帮忙。

"唐泽！不好意思，我们领导说他家人开车来接他了，我现在过去找他，你自己先回去吧。不好意思，明天我请你吃饭！"然后就屁颠儿屁颠儿地跑了。

这家伙……

我正准备回车里，突然起了尿意，就往航站楼走去。走到新航站楼楼下，转眼就看到里面走出来一队空姐。她们穿着海航的新制服。

何芮应该在里面。我突然想起何芮。

然后，我真的看见了何芮。

我只是往队伍中间扫了一眼，就看见了何芮。她走在最后面，跟一个看上去像飞行员的男人聊得挺开心。

男朋友？

不会吧？有人能受得了她的性格？这个人一定是英雄。

然后我看到何芮跟那个男生吵了起来，越吵越凶，声音越来越大。但她的同事们只是驻足看着，没有解围的意思。

我走过去喊了声："何芮！"

她回头讶异地看着我。近看何芮，发现她给我一种很陌生的感觉，又很吸引我。她穿着空姐制服，化着淡妆，长发整齐地梳在脑后，全身上下透着典雅迷人的气质，和上次见面时判若两人。

"你怎么在这里？"何芮看到我愣声道。

"我来接人。"我回答。

"你朋友？"一个穿着飞行员制服的男人走上前问，很戒备地瞄着我。

"算是吧。"何芮同样很戒备地看着我。

我熟悉她那种戒备，就是小时候看见我靠近，戒备我又要用什么法子欺负她的那种。

"以前的邻居。"我看到周围很多人在看我。

从这几个空姐的姿色来看，当然是何芮最美了。于是，其他空姐没说什么就继续走了，留下我和何芮还有那个飞行员。

"小芮，我送你回去吧，我车在酒店下面。"飞行员有赶我走的意思。

我觉得这场面出现的时候我应该识相地走开。

没想到何芮对我说："你开车来的吧？"

"是啊。"

"那我坐他车回去。我们以前邻居，离得近。"

那飞行员一脸的失望，还有看着我愤怒的表情。

何芮一言不发上了我的车。我放好她的行李，回到驾驶座，何芮正闭着眼睛，像是睡着了又像在想什么。

在我看来，在暗淡的车内灯光下她就像一幅古代画卷里悄悄入睡的美人儿。安静的睡相，还有飘来的淡淡香水味，让我感到舒适恬静。

我轻轻地关上车门，连扭动车钥匙发动引擎都是小心翼翼的，生怕打破这个美好的画面。

车开了一阵，我才发现何芮真的睡着了。看来是累了。空姐也不算是个很轻松的职业，碰到空难一不小心命就没了。

唉！一想到空姐，就有不开心的回忆。这大概就是我看到何芮就有一种难以言喻的感觉的原因吧。

车子行驶在通往市区的机场高速路上，远处是霓虹璀璨的城市，路两边是橘黄色的路灯，再往外是看不见的黑暗，夜空反而显得清晰，看得清流动的浮云。

眼前就像静止的画布。

耳边传来何芮的呢喃声。她娇嫩的身子在座椅上动了几下，睁开蒙眬的睡眼轻轻地伸着懒腰。

我小心地移开视线。

她为什么会那么可爱，为什么我会有些痴迷呢？也许任何男人都会和我一样禁不住这样想吧。

"到哪儿了？"何芮问。

"还在路上。"我说。

"好慢。"

"是你醒得快。"我笑了笑。

"连飞了两天，累。"何芮看着前方。

"唉，做这行就是辛苦。那你最好继续睡吧。"我说。

我还记得小时候的画面。何芮刚来的时候，女孩子们对她不熟悉，常常把她冷落在一边。后来，她只有不断欺负别人，来吸引大家的注意。但是，她越是这样，大家越是怕她。

其实，她很害怕孤单。那时候的我，不懂这些。

当时的我，看见她站在旁边看着别人嬉闹玩耍，孤零零的。我走了过去，对她说："我叫唐泽！你叫什么？"

"何芮。"

"一起玩吧！"

"好！"她开心地笑了。

一路上，何芮不说话，只顾看着窗外，我也沉默地看着前面开车。车载音乐放着舒缓的旋律，夜幕下的城市越来越近，霓虹灯划过车窗，散发着魔幻的色彩。

我把车开进了何芮家的小区院子，何芮稍稍坐直身子准备下车，对我说："谢谢。"

"你刚才说谢谢？"我又问了一次，感觉是不是听错了。

"是啊，怎么了？"

"有点不适应。"我笑了笑，"上次你说谢谢是小时候我帮你摘下卡到树上的风筝。"

何芮抬起手捋了下头发："这么久的事，我都快忘了，你居然还记得。"

"当然了，我比较怀旧。"

"那你记得小时候在我最喜欢的白裙子上涂鸦的事吧。"

"你……"她刚才不是一副不记得以前事的样子。

"这事嘛，我们慢慢算。"

这大概就是温柔的杀意吧。

"知道了！我先帮你拿行李上去。"赶紧逃跑吧！

我推门下车，帮她从后座拿行李。

何芮家以前和我家同在一个单位大院里。她家搬走后，那套房子因为房改被一位职工家属买下。现在想想，当初一起玩的孩子们，还有多少继续住在那个随着岁月渐渐老去的单位大院里呢？当年的树已经长大，石凳上残留着岁月的余温。现在，只留下记忆而已。

上到六楼，何芮拿出钥匙开了门。

我往里面看了下，有间房还透出灯光，应该是她父母还没睡觉。

她嘘了一声，然后做了个让我走的动作，就把我留在了门外……

至少说句客套话感谢下吧，比如改天吃饭什么的。

第二天，请我吃饭的是张伊达。

在他们公司楼下的餐厅。

"今天怎么了？"我问张伊达。

"你不知道……"张伊达耷拉着脑袋坐在那儿，一副无精打采的样子。

"我当然不知道。"

"新领导来了，新官上任三把火，一上班就把几个主管调走了。"

"你昨晚拍马屁没拍成功吗？"

"什么拍马屁啊，例行公事好吗？不过他老婆好漂亮。"

"老婆？男领导呀。"

"嗯，是的。对了，今天上班时我跟领导说了你的事，似乎有转机。"

"噢！这好呀！"

"等好消息吧，新领导要来了，部门里一帮狗腿子就想趁机表现，平常懒得跟猪一样。"

吃完饭后，还是午休时间，我随着张伊达到他部门里拿一份资料，他走在前面，刚进门就连忙退出来，对我说："我们的新部门经理来了！"

我伸头往里看，那位新来的经理在一群主管的陪同下，从门口穿过整个国际金融部向经理办公室走去。整个过程，虽然是午休时间，依然有不少人纷纷站起来围观，场面颇为壮观。从外表上看，他大概三十岁，戴着金丝边眼镜，显得很斯文干练。

他的路线正好跟我们碰上，于是张伊达主动将我介绍给他。

"你好，我听张伊达说过你。我是新的部门经理，我叫王子章。"他伸出手。

我连忙握上他的手自我介绍道："我叫唐泽，希望以后多多关照。"

"没问题，我看过你的作品，很不错。"

看来有戏。

我连忙答谢。

接下来就是详谈业务的事情，我总觉得这个王子章对摄影有些了解但不上心，能说到点子上，不过更多时候是游离。大概经历了十五分钟的聊天后，就结束商谈。

然后让张伊达跟进。

可能因为只是几万块钱的小业务，对他来说，几百万或者几千万元的业务才有上心的必要。

离开金融大厦，我就径直返回我的工作室，在我家附近的一栋老房子里租的套间。

走到楼下，居然迎面碰上何芮。心里想着：怎么这么碰巧？！

转念一想，我们两家现在就住在一条街上，我这工作室也在这条街上，又正好处在她去超市的必经之路上，遇上是高概率的事件。

"又见面了！"何芮对我淡淡一笑。

"嗯!"我点了下头。

"你工作室在这儿吗?"何芮看到我工作室所在的这幢楼。

"是的,你怎么知道?"我问。

"我妈说的,好像在这里。"何芮说。

"要上去看看吗?"我很客气地说道。我猜她会拒绝,然后大家打个招呼就各自离开。

但没想到,何芮点点头往上看了看,"好呀,上去吧。"

"啊?好。"这让我有点意外。

突然想起昨天她说过的:慢慢算。

不会是想搞破坏吧。

"你这是什么眼神啊?"何芮挑眉笑了下。

上了楼,我打开房门请何芮进门。

三房两厅的客厅和餐厅被我改造成室内摄影棚,主卧被我改成工作间,大点的侧卧是拍私房照或者房间照的摄影棚,最小的侧卧是我休息的房间。

"没想到呀,真是有模有样。"何芮很赞叹地在工作室里四处参观。

我紧紧跟在后面介绍。

"哇!相机!"何芮看到我放在工作台上的相机,"5D4,85 的头,看来你主打拍人像。"

我一听愣了,吃惊地道:"嗯!你很懂呀。你也玩摄影?"

"不。"何芮抬起头,"可以拿一下吗?"她想摸那台照相机。

被她的神秘吸引，我点了下头。"那你是模特？"

"对，我以前兼职做摄影模特，走秀模特也做过，但我只有175，许多走秀参加不了，所以摄影多点。"何芮非常小心地看着相机。

"婚纱拍得多吧？"我帮她摘掉镜头盖，打开开关，让她体验一下拍照的感觉。

"以前对摄影师的相机很好奇，看得最多的是摄影师拿着相机给我看的预览图，真的很少能摸一下摄影师的相机。他们都很在意他们的相机。"

何芮没有回答我的问题，而是非常青涩地拿起相机，对着窗外想拍一张照片，但手指没按到快门。

我伸手轻轻地将她的手指拨到快门位置，"这里，先半按住对焦，然后再按下快门。"

咔嚓，她拍了她后来据说是人生中第一张专业相机照片。那照片后来挂在工作室很显眼的位置。拍得好不好？当时和现在我都觉得拍得很烂，但嘴上当然要恭维一番。

"我很少拍婚纱，没有拍过双人，只拍过几次单人。我总觉得拍双人婚纱照，以后不好嫁出去。"何芮将相机交给我。

"哪有那么迷信。"

"所以我拍写真多点，还有广告、画报、杂志封面和插画。"何芮回答。

我不觉得意外，其实她很漂亮，瓜子脸较小，很上相的那种。"哪些杂志？"

她说了一大堆著名的杂志，"就这些。"

"啊！难怪！我说怎么那么眼熟。那期拍得很好啊！"我不由得兴奋起来，站我面前的原来是一位明星级模特。

"没有啦，那次很累。"何芮笑道。

"可以……"我犹豫了一下，拿起相机向她示意了下，"可以给你拍一次吗？"

何芮轻轻笑了下，点点头说："可以是可以，但要请我吃饭。"

"没问题。"

"大餐哦！"

我们来到一家附近的西餐厅，这家店做的牛排味道不错，价格却不便宜。何芮还真的要宰我一顿。想想能拍她写真，这个花费也值了。

点完菜后何芮突然双手支着脸蛋说："你这个做摄影的赚钱吗？感觉很亏钱的样子。"

"为什么这么觉得呢？"

"我知道相机还有设备都很贵，而且大家现在拿个手机都可以拍照了。用相机拍照那么累，除非要拍什么正式的婚纱之类的照片，很少人会光顾摄影店吧。"

"我这叫工作室，还会拍别的。"

"我觉得差不多啦。"

"唉！"我觉得没必要跟何芮争下去，就为了证明自己过得不辛苦，其实我过得挺辛苦的，"都不容易，真的。"

何芮深深地点了下头，出神地看着餐桌，双手抚着头似乎在想事情。

"在想什么？"我问。

"前几天在上海碰到以前一个同事，她朋友跟你一样也在那架飞机上。"何芮说。

一下子勾起了我的回忆。

这的确是很不好的回忆，但被何芮淡淡地带出来，让人忍不住又想去回忆。

餐厅的音乐很舒缓，何芮的声音很悠长。

就像翻开一本老旧的照片集，空难的一幕幕渐渐浮现在我的脑海里。

"那人叫什么名字？我认识吗？"

"一下忘记了名字。她只跟我打了招呼就走了。听说到现在都很不好，经常做噩梦。你会有吗？"

"还不至于，但有时想起会心有余悸。"我回答。

"如果是我，可能要好几年才能缓过来。"何芮蹙着秀眉。

"也可能是我神经大条吧？哈哈！"我挠着自己的头笑起来。

窗外的阳光泻进餐厅，地面上的光斑慢慢地移动着，时间在缓缓地流逝，午间阳光下的城市也显得慵懒起来。

原本话题已回到摄影上，饭吃到一半时，何芮突然又问起："空难的时候是什么样的感觉？"

"很糟糕。"我实在想不到该怎么形容，"或者说很吓人。你问这个不合适吧？"

"为什么？"

"身为空姐关心这个，不吉利吧？"

"有什么呀，我们私底下也会讨论。"

"那天你不是听了吗？大家一起吃饭的时候。"

"都是问一些无关痛痒的东西，你能否好好讲讲你的心路历程？"何芮好奇地朝我眨眨眼。

"心路历程？你还真会说笑，苦难历程差不多。"

然后，我把那天从登机开始到被救起的经过重新说了一遍，虽然我这几个月来说了很多遍，几乎倒背如流。

然后，我想起了那个可爱的日本空姐绫濑结衣。

"好像是叫绫濑结衣吧！"我想了下回答。

"漂亮吗？"

这不，问题来了。没经验的小年轻在这种情况下会下意识回答"当然"。

但像我这种跟很多女人打过交道的人，第一反应自然是一口咬定："当然是你漂亮。"

要说何芮跟绫濑结衣谁漂亮？真说不上来。一个偏韩系的美女，一个是正版日系美女。都是美女，无法比较。

"是实话吗？"何芮眨着漂亮的眼眸看着我。

"当然！"

"感觉像假话！"

"怎么可能！现在很好看的空姐很少了！"我说。

"所以我属于很多那部分吗？"

"你放过我吧……"

"哈哈！"

饭后，我把何芮送回家。张伊达的电话正好响起来，今天王子章新官上任，晚上要请部门吃饭，还点名道姓叫上我，要我来现场拍些照片，作为他们部门团建的资料，顺便也一起吃饭交流交流。

"我们这边，新官上任第一天要搞欢迎会的。"

"不报销他自己请吗？真是有钱啊！"我感慨万分。

"拜托，这种局肯定会公家出钱啦！"张伊达扶着眼镜笑眯眯地看着手机。

在上海打工时也就每年年底小聚一次，吃得也很简单。

"咱们公司唯一有的就是钱，没钱那还得了啊！"张伊达一脸夸张的样子。

"也是哦……"

到了晚上，我们来到著名的鱼泉海鲜店。听张伊达说这里都快成了他们的固定食堂，老板见他们来了非常高兴，连忙招呼我们进最大最好的包厢。

王子章因为年龄跟我们相差不大，没摆什么架子，两手支着椅子跟就座的男女同事闲聊，还招呼没进来的人赶紧进来，不好意思坐下的赶紧坐下。服务员送来菜单，主管们接过菜单准备点菜，他指着菜单喊："点菜别抠门，什么大鱼大肉都点上，鲍鱼海参一人一份，还有大龙虾每桌多点几只！对了，还有酒，我车后备厢有上好的白酒红酒，不够再去隔壁酒行买，要买好酒，到我这儿报销！"然后将车钥匙丢给旁边主管让人去搬。

"我突然对他很有好感。"张伊达悄声说。

"几只龙虾就打动你了？你也真够脆弱的。"我鄙视道。

"我两年都吃不上这种大餐，能没好感吗？"张伊达眼睛笑成一条线，别提多高兴了。

饭席中间，王子章还端着酒杯到各桌敬酒交流。会喝酒的人纷纷要求跟王子章多干几杯，不会喝酒的也要拉着王子章说几句。所以，大家在饭桌上没有任何拘谨，该说的说，不该说的也说。

顿时谣言绯闻弥漫在饭桌上空。

张伊达几杯酒下肚就有了几分醉意，我看得出来，他不太会喝酒。

"不能喝别喝那么多。"我说。

张伊达一脸不高兴，"不多练习，怎么去酒吧艳遇？"

……

酒过三巡，大家转移阵地，去 KTV 开了几个包厢继续喝酒唱歌。我也拍了不少照片——其实这种饭局照片没什么技术含量，找个会拿手机拍照的就可以应付。正要问是不是可以先走了，就被王子章拉着去了 KTV。

我不习惯挤在包厢里争麦克风唱歌，坐了一会儿，觉得时间差不多，就准备走了。

刚起身没走几步，就有人拉住我，是张伊达。

"你怎么了？"我看他一副很痛苦的样子。

"我喝——"话还没说完，他就呕了一地。顿时，包厢里的女生惊叫连连。

我把张伊达扶出包厢，正好看见从另一个包厢出来的王子章。他迎面向我们匆匆走来，拿着手机向我点头打招呼。

我们擦肩而过。

王子章走到我身后对手机小声说了一句："不是让你别给我打电话吗？我现在有点事……"

我好奇地回头看了一眼，但是他已经消失在拐角处。

我扶着张伊达走出 KTV 门口，一股清凉的夜风扑面而来，全身顿时舒爽了许多。

夜空下的城市，璀璨的霓虹灯光闪烁在大厦的窗户和光滑的车身上，反射出模糊迷离的色泽。街上的年轻男女，在各色灯光下的店里来回穿梭着，享受着属于他们的夜晚。

我们向路边走去，没走几步，张伊达站住不动了。

"女神……"他醉醺醺地指着。

"女神？"我顺着他指的方向看去。

她穿着一身白色连衣裙，一头微卷的长发，气质妩媚，不是女神，而是天生的妖精。这样的她，在行人中格外耀眼，她轻轻拂去额角的发丝，美眸四顾。一阵微风吹过，白色的裙摆随风摆动。

是男人都无法抗拒这白色的诱惑，路上的不少男人都忍不住回头看上几眼，哪怕身边已有自己的爱人。

连我也情不自禁地多看几眼。

"我的女神来了！"张伊达说着还打了个酒嗝。

他醉了，我没醉。

不过可以肯定的是，我不是在张伊达的梦境里。

这时她看向我们，妩媚轻笑，我愣了一下。张伊达的反应更大，傻傻地笑起来。

她朝我们缓缓走来，我顿时不知所措。张伊达却激动地叫着："我的女神来了！来了！"

难道真是张伊达的女神？

对了，我还没问过张伊达有没有女朋友。她刚才对我们笑，现在又走过来。不会真的是张伊达的……

"你为什么来了！"我耳边突然传来熟悉的声音。

我侧身一看，是王子章。

他从我们身边走过，径直向张伊达的女神走去。

"我打你电话你一直不接。"她轻柔地说。

"我刚才不是接了吗？"王子章走到她面前。

"可那是打了 50 次电话后！我在家里等了好久。"她一脸认真地看着王子章。

唉！

原来她是王子章的老婆，长得真漂亮。

我遗憾地看了眼旁边的张伊达，他依然在直勾勾地看着他的女神。

人生就是那么无奈。

"你喝酒了？"王子章叹了一口气，想扶她。

她甩开王子章的手向我们走来。

这次真的是冲我们来了。

张伊达高兴，我却茫然。

她走到我面前。她身上的确有股酒气，酒气里还夹着淡淡的香味，闻起来很怪。

"喂！你说！他配做一个男人吗？"她指着王子章问我。

"啊？"

我怎么那么倒霉，居然撞上新领导的家室还被质问这种问题，这不是把我往绝路上逼吗？

王子章从后面赶上来，把她抱在怀里往后走，柔声说："素儿，别闹了，我们回家吧。"

她拼命挣脱王子章的怀抱，后退几步，大声叫起来："回哪个家？你说回哪个家？你现在知道怕别人看怕别人说了吗？"

路人纷纷停下脚步看着我们，有人掏手机了。再不走明天微博微信圈就有我们了，我赶紧悄声说："王总，咱还是先离开吧。"

王子章瞄了一眼我，"你是……"他好像记起我是谁了，顿时脸色大变。"啊！是你！"

"王总，再留下来可不好。"我猛使眼色。

她指着我："你是不是以为我是他太太？"

我一愣，难道不对？

"我来告诉你我是他什么人吧！"她憋住劲，正准备大声宣布。

王子章突然吻住她的嘴，将她紧紧抱在怀里。

时间静止了，仿如只有他们两人。

这一幕令在场的我顿感尴尬，反应过来后我没立即将脸别过一边，而是放开张伊达，拿起相机按动快门，拍下了两人拥吻的照片。没想到，这张相片在日本拿了大奖，那是后话。

此时，两人的拥吻没有照片上那么安静，而是带着激烈的挣扎和扭打。两人没亲多久，王子章就被推开了，他对面的女人嘴角淡淡一笑，"你还爱我！对吧？"说完便转头向停车场走去。

王子章急忙跟上去，没走几步又回头朝我喊："看什么呢，快过来帮忙！"

"啊？"我懵懂地指着自己。

"对，还有他！"王子章指着坐在地上迷迷糊糊的张伊达。

帮什么忙？见王子章和她已经走远，我急忙扶着张伊达跟上。

我们来到停车场，王子章正等在那儿。他拉开车门让我们上车。那个女人居然已经坐在前座，一言不发闭着眼好像睡着了。

"走了。"王子章发动了汽车。

"王总，你喝酒了，酒驾不太好吧？"

"我根本没喝。你没发现？你鼻子没闻到吗？"

"啊！？"

"酒杯里装的是白开水。那些拍马屁的还是很贴心的！"

"厉害……"我不由得感慨在领导鞍前马后真是一个很需要细心的技术活。

王子章的越野车开上马路，驶入夜晚的车流之中。

我看了一眼窗外，城市夜晚的璀璨光华在窗面上飞逝而过，像一层随意涂抹的流光溢彩。倒映着路边霓虹光彩的车子，一辆辆在窗外消失又出现。城市大楼的灯光，广告牌，路边的路灯，各种颜色的光彩全都交织在一起，在路的两边出现又消失。

"她不是我太太。"王子章突然说。

"呃？"我愣了一下，没听清楚，"你刚才说……"

张伊达已经在我旁边睡着，打着呼噜。

"她叫尹素儿，不是我的太太。"王子章透过倒车镜看着我没再往下说。

"王总，你跟我说这些不太合适吧？"我问。

"我觉得你应该不是那种爱八卦的人，虽然像个狗仔队似的。"

"我是摄影师，不是狗仔队，你放心。"

"他睡了吧？"王子章从倒车镜上看了眼张伊达。

"是睡了，他都醉得不省人事了，你放心吧。"

"生活就是有很多无奈"，王子章的话反而让我很郁闷。我觉得他根本就是幸福的烦恼，无奈说的是我们这种人才对。

我连女朋友都没有正郁闷呢，居然有人因为情人小三而郁闷。说是家家有本难念的经好呢，还是饱汉不知饿汉饥好呢？

王子章把车开到了一个花园式小区，车子绕过小区的小树林，开到一幢欧式公寓楼下。

"你在车上等我，我先送她上去。"王子章开门下车，绕到尹素儿的门边开门。

尹素儿还在香甜地睡着，王子章将她抱出来背在身上。

"需要帮忙吗？"我下车问。

"没关系。"王子章喘了一口气，背着尹素儿进了公寓走道。

我无聊地留在车边打着哈欠，张伊达还在酣睡，打着难听的呼噜。我望着四周，小区很安静，公寓楼都不高，只有一些房子亮着灯。

"这么大的地就盖这么点，真是浪费呀。"我忍不住自言自语地说。

一阵微风吹过，小区的树林发着沙沙的响声，晴朗的夜空下，昏暗的路灯穿透这片静谧的小树林。如果闭上眼一会儿，再睁开，也许会错以为自己来到阿尔卑斯山某个安静的小镇。

我拿出手机看了一眼，没有人来短信，也没有电话。

电话多了，找你的人多了，你会烦恼。电话少了，没人找你，也会烦恼。

在烦恼中度过每一天，也许这才是生活。

等了一会儿，王子章走下来。

"她睡了？"我问。

"还好睡了，不然你们有得等了。"王子章无奈地笑了笑。

"哦……"我大概明白他说什么。

"走，我们去吃点东西。"王子章上了车。

我回到车后座，问："去哪儿吃？"

"到了你就知道了！那是我最喜欢的地方。"王子章神秘兮兮地一笑。

王子章说的地方是一家卖烤生蚝的大排档，我没来过，也许是这两年新开的。

我把张伊达留在车里，开了车窗给他透气，让他继续睡。我和王子章两人在店里找了张桌子坐下。

"王总，你放心吧，今晚的事我不会说的。"我再次声明。

"行，我相信你。"王子章笑了笑，拿来了两瓶雪碧。"其实呢，我找你们来，并不只是想封你们的口。"王子章放下酒瓶，看着我。

"那还有什么？"我问。

王子章往店外看了一眼："你觉得张伊达人怎么样？"

"他人不错，就是单纯了一点。"我回答。

我不明白王子章话里的意思，也不明白跟张伊达的为人有什么关系。还是说他还在担心张伊达会多嘴说出去？

"张伊达看来很喜欢尹素儿。"王子章拿起雪碧平静地看着我。

我愣了一下，觉得不妙赶紧解释："他喝醉酒了，胡说而已。"

"喝醉酒了，人才会把心中的想法全部说出来。你说对吗？"王子章笑了笑。

"可能尹素儿是他喜欢的类型吧？"我迟疑道。

"也只能是喜欢和远远看着，对吗？"王子章问。

"是吧……"我越来越听不明白王子章想说什么。

他吃饭时候真没喝酒？

还是雪碧会喝醉？

"如果我把尹素儿交给他，张伊达可以照顾好她吗？"王子章说。

"你说什么？"我差点儿把嘴里的雪碧吐出来。

王子章很认真地看着我："尹素儿现在病得不轻。"

"生病？"我问。

"是心病。"王子章指着自己的胸口，"如果她继续跟我在一起，她这种病会越来越重。今天你也看到了，她这样一半因为酒精一半因为她的病。"

"这种病应该叫相思病吧？"我笑了下想让气氛轻松点。

但是看到王子章那张严肃的脸，我连忙收住笑容，干咳了两声，赶紧低头喝雪碧。

"她越爱我，就越想跟我在一起。但是，她知道我不会放弃我的家庭。越是这样，她越痛苦，我担心……"王子章没有再说下去。

"可是，你也不能把她给，给张伊达啊？她不是商品呀！"我皱起眉头看着他。

"她需要一个爱她能和她在一起一辈子的人，我不是。张伊达如果真的喜欢她，就让他放手去追。"王子章依然表情平静。

我拼命摇头，"不，不。刚才张伊达说的是酒后胡话，你不能当真。而且，尹素儿肯定不会愿意。"

"但是继续下去，对她不好！"王子章咬牙切齿地轻捶桌子。

"王总，你先别激动，一定会有什么解决办法的。"我好声安抚他的情绪。

王子章苦笑地看着我，"唐泽，你不懂。当你面对两个爱你的女人的时候，你就会知道了。"

被两个女人爱上，不是幸福，反而是痛苦吗？

我想我不会有这样幸福的机会，让两个女人爱上。我连自己的另一半在哪里，都不知道。

"王总，你爱你的妻子和孩子吗？"我话出口马上就后悔了，这话题非常敏感。

"很爱。"王子章长舒一口气。

"那为什么你还要和尹素儿在一起？"我突然觉得我这么问有点愚蠢。

但王子章没反应，而是出神地看着雪碧瓶里不断跳动的泡泡，"你第一次见到她，有被她吸引到吗？"

"有，真的很漂亮！"我点点头，告诉他实话，"都有了拿起相机一阵猛拍的冲动。"

王子章轻轻笑着，"我第一次见到她时也是。我以为除了我妻子，我不会再爱上别的女人，但是我错了。"

"你是怎么认识她的？"我很好奇。

王子章把玩着雪碧瓶，"那晚天空下着小雨，她和几位同学被她的老师带进饭店的包厢里。我当时坐在饭桌的最角落，但是，她进来后我第一眼就看到了她。"

他顿了一下，继续说："她也像今天一样，穿着白色连衣裙，一张清纯的脸蛋，还有她那双清透的眼眸，茫然地看着这个复杂的社会。她就像在暴风雨中摇曳的花儿，在黑暗里是那么耀眼。那心跳的感觉，仿佛年少时见到了初恋的女孩，怦怦地紧张跳动着。"

王子章暖暖地笑着，喝口雪碧，像是在回味那段美好的过去。

"她当时还是学生？"我问。

"大三礼仪队队员，那天是她第一次被礼仪队老师带出来。运气真好……"王子章像是对自己说的，"是她运气好，也是我运气好。为了她，我还跟饭桌上的朋友闹不和，丢了一个几千万元的项目。"

"为了美人，江山都不要了。"我脱口而出。

王子章嘴角扬起，"是呀，但是那一刻开始，对我来说，什么都不重要了。"

到底是谁病了呢？我认为是王子章病了。

王子章低头吃起刚端上来的烤生蚝，吃了几个才继续说："如果张伊达不愿意，我再试着找别人吧。"

"王总，为什么要这样？不能好聚好散吗？"我讶异王子章这种奇怪的执着。

"没用的。"王子章轻轻摇头。

"如果张伊达知道，他可能不太会答应吧？"我自己也不清楚张伊达是怎么想的。

王子章看向外面说："还是等他酒醒后再问他吧。那你呢，你喜欢她吗？"王子章突然这么问我让我猝不及防。

我赶忙摇头，"别找我，我不想掺和这种事。"

王子章叹声笑道："好吧！其实喜不喜欢旁人一眼就能看出来了。"他突然将注意力放到了我后面，我跟着回头看。

是电视在放比赛。

"是棒球赛。"王子章朝店里喊了一声，"老板，电视能开大点声吗？"

老板拿着遥控器过来，把声音调大。

"……中日棒球对抗赛进入第五局，双方比分仍然是 0 ：0。现在是中国队第四棒上场，虽然这一棒是强棒，但是中国队的压力仍然很大，因为对面站着的是日本队主力投手山下健次……"

电视上那个年轻俊逸的日本球员，应该属于日本女生最喜欢的类型吧？最近一听到日本这两个字就敏感，总会想到的绫濑结衣。

王子章回过头，给我介绍，"这个山下健次在日本可是少女们的万人迷呀。当年在高中时打甲子园就已经声名鹊起，今年以 22 岁的年纪成为日本队主力投手，更是让他在日本成为万众瞩目的焦点。"

日本棒球？我不是很了解。只是知道在日本是很受欢迎的国民运动。

王子章看上去对棒球很感兴趣，不时地给我讲解棒球的比赛规则，还有那个日本队投手。

"这个山下健次的球速非常快，起码有——"

这时王子章的手机响了，他接起电话轻声说了一声，"你们先睡吧，我现在回来。"

"你老婆？"我这问题问得很白。

王子章点点头："我送你们回去吧。你的车放哪儿？放在刚才的酒楼吗？"

"放在公司楼下。"我说。

"你喝酒了别开车了，我们先送张伊达回去再送你吧。"王子章站起身，从口袋里拿出钱包，喊了一声，"老板，买单！"

"王总，我来吧！"我抢着付款。

王子章制止我，摇摇头说，"好了！我来吧。收入多的付钱。"

虽然这看上去是他的优点，但我听了很不是滋味。

夜色已深，路上的车辆和行人少了，喧嚣后的城市渐渐安静下来，只剩下孤零零的路灯，还有隐约闪动霓虹光彩的大厦，陪伴着依然孤独的人。

城市悄悄地入睡了。我们疾驰在马路上，掠过引擎的轰鸣和飕飕的夜风。

张伊达这家伙像被拔了开关的机器猫哆啦A梦一样，一动不动地打呼噜。

"你知道他住哪儿吗？"我问王子章。

"单身的一般都住公司宿舍。对了，你觉得他有女朋友吗？"

"应该没有……"我也不确定。

"我也想应该没有。"王子章很肯定地点点头。

没过多久，王子章的越野车就开到了宿舍楼下，问了门口保安，搞清楚了张伊达的宿舍在几楼后，我就和王子章一起把张伊达扛上楼。

搞定后，我们走下楼。

最后王子章再开车把我送到我家楼下。

"棒球票你拿了吧？有空记得一起来看球哦！"王子章坐进车里发动车子离开。

过了几天，按约定的日子。何芮来工作室找我。

这是第一次给何芮拍照。

我选择在室内摄影棚给她拍照。

也许是出于摄影师的某种虚荣感，既然是同样的模特，同样的设备，那我应该可以拍出比那本杂志还好的效果。

"还是不要了！我们街拍去吧！"何芮却拉着我往门外走。

"可是……"我看着自己摆弄好的摄影棚，"拍几张再走吧！"

"下次吧，下次吧！"

既然是街拍就要出行。海口有一个特点，就是城市小，许多城区马路和街道因为人流和交通，开车的话会非常费劲，反而是电动摩托这种交通工具非常适合穿街走巷。

尤其是街拍，在海口这种城市，老房子和老街区搭配何芮这种韩系美女，会非常容易出片。

这是第一次跟何芮拍照，因为是抓拍，我配了一个适合街拍和快速机动的镜头和相机。

然后我们就出发了。

电动摩托在我们这里叫电驴，也许是跟粤港将摩托叫铁马有关。

所以我骑上电驴，后面坐着何芮。

何芮穿着 T 恤和牛仔裤，白皙的长腿一跨就坐上后座，然后拍拍我的肩膀："出发吧！"

我们先来到海口的骑楼老街拍照，这里是 20 世纪初期的南洋风格建筑物群，许多街道都非常老旧，保持着二三十年前的样貌，再搭配马路上的现代交通工具，这种新旧交融的场景，别具风情。

将电动摩托停在一边，让何芮下车，我还没拿出相机，她就在一个沿街商铺前摆好了姿势。

我拿起相机快速抓拍。

第一张何芮的照片就这么拍下来了。

她盘着头发，在下午的阳光下清新脱俗，白皙的脸上透着满满的氧气感，已经习惯了摄影师和模特在这里街拍的路人与商家老板都忍不住回头想多看一眼何芮。

何芮边走边摆 pose，我一路跟在后面抓拍。

"何芮！"我喊她。

她停下，回头，一个微笑。我按动快门。

照片很好看，就是拍得太累。这也不是我很擅长的拍摄方式，但我却喜欢这种照片。

老街区有许多小店，到了吃饭时间，我们进了一家老店吃晚饭。这家店装潢得颇具港风，何芮拿着一杯柠檬红茶边玩手机边喝。

我拿着相机站在旁边，轻轻叫了声："何芮。"

她仰起头。

我按动快门。

何芮晶莹剔透的眼眸出神地看着镜头，懵懂中带着一丝奇妙。改天，让她试试复古的港式造型，或许会更有一番风情。

吃完饭，夜晚的海口流光溢彩。骑着电动摩托，呼吸着微醺的夜风，跟着电动摩托的车流，来到新华北的清补凉店。

没错，清补凉，海口的夏日饮品，在上海总是怀念这东西。在海口稀疏平常的东西，在上海的一些店里成了高档货，就像美国的中餐馆一道不那么正宗的北京烤鸭也能卖到高级牛排的价格。总之，回到海口后，夏天的夜晚我总会骑着电动摩托到附近的小店吃一份清补凉。

这一次跟何芮来，是我回海口后第一次跟别人一起去吃清补凉。

何芮喝着清补凉的椰汁，盯着我装着相机的挎包问："可以看看今天的照片吗？"

我把相机拿出来递给她。

她接过相机，先将相机的背带挂在脖子上，再打开开关预览相片。似乎是每个模特看自己照片的习惯，她们都喜欢拿出手机对着预览图拍几张，再修修发朋友圈。但我觉得何芮的照片根本不需要修，她真的很上镜。

"这张真好看！"看到喜欢的照片她就会拿给我看。

这时我们两个人凑着头一起看相机，有时候太近会碰到额头或者肩膀，有一次还碰到她的脸。

"你觉得哪张最好。"何芮问我。

我拿过相机，相机带扯着脖子让我俩凑得很近。

"这张。"

我抬起头。

正好鼻子碰着何芮的鼻子，她漂亮的眼眸离我非常近。

她赶紧解开相机带缩了回去，然后又像没事一样伸头过来看相机，"是不错耶！"

吃饱喝足，看完相片，就准备回去了。

我送何芮到她家小区门口。何芮没下车，而是坐在后座对我说："你不会还记得那天我打你的一巴掌吧？"

何芮不说我差点儿都忘记了，"我都不记得了。"

"不！你还记得！"何芮嘟着嘴说。

"好吧。记得。"我摸着自己的脸，"是很疼。"

"哈哈！所以你想报仇吗？"何芮指着我笑道。

"应该算扯平了吧？小时候那么欺负你，算是让你报仇了吧。"我这么说至少能自我安慰下。

何芮下了后座，走到我跟前说，"来吧，让你打回来。"

"开玩笑的了。没事啦，你快回去吧。"我推了她一下。也许她又有什么阴谋。

"不！你打回来，不然不能扯平。"何芮很倔强地说。

干脆答应她吧，不然这样下去都不知道要僵持到多久。

"那好。"我下了电动摩托，站在她跟前。

她退了一步，还是有点紧张。"你来吧！"

居然还把眼睛闭上。

"来喽！"我说。

"嗯！来！"

我伸出手，轻轻捏了下她的小脸蛋。"你这么可爱，我怎么舍得打！"

何芮睁开眼睛看着我，脸红扑扑的。"当然可爱了！"

"没事吧？"我是不是太用力了，虽然是轻轻捏了下，怎么脸红得那么厉害。

"没事！我回去了！"何芮捂着脸就往家跑。

看着何芮跑回去的样子，我突然有种穿越到十几年前的夏天的感觉。

真的，回到小时候多好。

没那么多烦恼。

结束了愉快的一天，接下来是连续几天的工作，都是拍婚纱或者外地旅客的跟拍。

一连累了几天，终于迎来了难得的休息时间，连着休息三四天，没有拍摄没有修图。可以吃着薯片喝着饮料坐在空调房里追剧。

但王子章的微信让我的好心情没了一半："嘿！明天是棒球赛！我正好有时间要去看，你也一起来吧！"

我这才想起王子章给我的球票，但我不太想去看棒球。但为了那几万块的业务，也只好去了。

3

棒球赛那天天气很好，白色的云山浮在蔚蓝的苍穹之下，泛着阳光耀眼的色泽。

这一天是周末，而且是个阳光不怎么浓烈的下午。

海口刚在西海岸搞了一个棒球场，邀请日本棒球队来比赛。但是棒球在中国关注度较低，这场比赛我听过，但愿意去看的人寥寥无几，很多人估计连棒球的规则是怎样的都不知道，甚至老一辈人都不知道棒球是什么。

日本人却将棒球视为国民运动。喜欢看日本动画漫画的"80后""90后"，当然对"甲子园"这三个字不陌生了。

"带你去甲子园！"这是许多男生在年少时想对自己喜欢的女孩说出的话，可是中国没有甲子园，高中没有棒球比赛。

当然，更多的男孩子是想像《灌篮高手》那样，带着自己的晴子，进军全国大赛。在最关键的比赛中扭转战局，然后对自己喜欢的女孩告白。

可惜，这些热血又中二的画面大概只能期望下一代来实现了。

我站在棒球场附近的停车场边，正等着王子章来一起进球场。人没等到，却等到他的电话："公司临时有个会，我就不来了。抱歉，改天请你吃饭。"

所以，我被一个男人放了鸽子。

正想着既然王子章不来，又想休息的我干脆就回家的时候，我看到一个很漂亮的女孩。

高挑的个子，随着炎热的微风飘动的长发。那一双美丽的眼眸，就像清晨的第一抹摄人心扉的阳光。

我看呆了，足足三秒后我才想起这位漂亮的女孩非常眼熟。

"绫濑结衣！"我终于想起她是谁了，大声朝她喊。"你，你还活着！"

"唐泽！"她惊喜地看着我。"你怎么在这儿？"

她居然马上认出了我，这让我非常意外。

"你来这里是休假吗？"

"我是来看比赛。"

"比赛？"

她展开手心上跟我一样的球票——中日棒球友谊赛球票。

我们边聊边走进了棒球场。其实也没聊什么，毕竟汉语不是她的母语，聊天内容都是我在感慨："天呀，你还活着，你还活着。太好了！"

"唐泽先生你也幸存，也太好了！"绫濑结衣一直在礼貌微笑，我说几句她才跟了几句。

不过我说话太快了，因为太激动，光顾着自己说话。没多久，我们就走到观众看台上。

此时看台上稀稀拉拉地坐着一些人。

最吸引我的，是那片绿油油的扇形球场。球场建成那么久，还是第一次看见。

一声清脆的金属声回荡在球场上空。一颗白球飞越看台。球场上顿时响起欢呼声和掌声。一个身穿白衣的球员，绕着球场中间的白线奔跑着。这个我有点印象，是在跑垒。

我找了个视野好的地方坐下，往球场看去，一时间分不清楚哪边是中国队，哪边是日本队。看了一会儿，没再听见金属棒的声音，也没再看见白球飞越看台。周围不时有零星的欢呼声和鼓掌声。怎样是优势，怎样算劣势。想找个人问问，又不好意思。又看了一会儿，渐渐感到无聊。我开始把视线移到看台上，四处看看。

不少人是全家来的，当作周末休闲。还有一些是真正的棒球爱好者。还有，是在海口的日本人，拿着膏药旗在那儿哇里哇啦地叫着。

比赛已经开始，我们随便找了个座位坐下，空的座位非常多。

球场上，一位穿白衣的球员正准备挥棒，站在他对面穿白底黑色条纹衫的球员正准备投球。

绫濑结衣紧张地看着那位准备投球的球员，嘴里轻声呢喃着日语，不知道她在说什么。可以从她脸上看出，她很在意那位球员。球投出后，准确地飞入对面球员的手套里，击球员挥棒落空。比赛结束了。绫濑结衣开心地轻轻拍手。

我注意到直到双方球员退场，绫濑结衣的视线都没离开过一个人。"你认识他？"我指着刚才投出最后一球的球员问。绫濑结衣点点头："嗯，他是日本队王牌投手山下健次，在日本可是很有名的哦。"

"你不会专门跑来看他吧？"我开起玩笑。

"差不多吧。"绫濑结衣抿嘴一笑。

想不到她还追星，追星也好，转移注意力。"要不，我们下去要个签名吧。"我提议。

绫濑结衣拼命摇头摆手："不了，我们走吧。"

"趁现在人少，赶快去向他要签名吧。不然回日本的话可没那么好的机会哦。"

我先走下两个台阶回头又喊了她声："结衣，走吧！"

"唐泽等一下！"绫濑结衣不走。

"怎么了？"

"我还是不去了。"绫濑结衣犹豫不决。

我走上前拉住她的手。"快走吧！"

"唐泽！你走慢点！"结衣轻叫了一声，不太情愿地被我拉着走。绫濑结衣的手很滑，摸起来很舒服，透着夏天的凉爽。

我们来到楼下球员通道出入口，那里也有人等着，有记者有观众。人还是很少。接着一阵骚动，还有女孩的尖叫声，夹着日语，应该是从日本跟过来的粉丝，那些日本棒球队员出来了。

"是哪个？"我睁大眼睛在对面这群球员中寻找，"刚才没看清，那个投球的队员是哪个？"

"没看清你还要签名干吗？"绫濑结衣在旁嘀咕。

"结衣，是不是那个？"我拉她靠过去。

一位俊朗的年轻球员迎面走来，离得这么近，我才对他有点印象，好像在电视上见过他。我朝他喊了一声。他跟其他人一起看过来。

"我走了。"绫濑结衣急忙甩开我的手，背过身子跑了。

"结衣！"我追过去。留下身后一群人在那里发愣。

我追出球场外，看见她一人站在护栏边，看着远处路边一排排小树发呆。

"结衣。"我走过去。绫濑结衣回过头看着我，脸上写满歉意。

"怎么走了，不要签名吗？"我问。

"下次吧。"绫濑结衣欲言又止。

"下次什么呀，下次就没机会了。"再抬起头，发现日本棒球队已经上大巴走远了。

天空依旧晴朗，蔚蓝的苍穹下，云层堆积的云山又高了一点，一架白色客机缓缓飞过，折射着耀眼的阳光。

我们向球场外走去，"你跟着球队来，比赛结束了你还会走吗？"

绫濑结衣唇角轻抿，朝我俏皮地眨眼，"想在这里多待一阵子。"

"我可以做你向导！"

"那怎么好意思呢？不用了，我自己可以的，有'攻略'。"绫濑结衣拿出手机说。

"你那'攻略'不如我本地人啊，你别客气嘛！"

"还是不用了！"

"你可别这么客气，我们既然在一架飞机上能幸存下来，本身就是一种缘分，能再次相遇更是缘分。俗话说，相逢是缘，历经生死的缘更是弥足珍贵。所以，我们珍惜这段缘分。所以，应该让我尽一份地主之谊。"

"你能说慢点、简单点吗？听不太懂。"绫濑结衣抱歉地笑了笑。

如果是中国人，这么说大概会带着别的意思。但作为一个说汉语还是有很重口音的日本女孩，我当然理解。我想了下，说："你不要客气，我们既然能活下来，又能在这里见面，这是非常神奇的缘分。为了这个缘分，请让我为你做一次向导。"

她点点头算是听懂了，犹豫了一会儿才回答："好吧。"

"放心吧，包在我身上，保证让你满意。"我拍着胸脯说。

"那么我们先去哪里？现在好像是午饭时间了吧。"

"走，去吃海口最好吃的辣汤饭。"

"辣汤饭？"

"辣汤饭就是一碗辣的汤和一碗饭，一起吃，还有一些小菜。"我解释道。

"这样吗？"绫濑结衣半信半疑地看着我。

"当然好吃了！"被她这么一看，看得我很心虚。

我带着她到了著名的辣汤饭所在的小巷子，点了经典的一套菜品放她面前。

不过日本人似乎不习惯中国人的辣，尤其是放了许多胡椒的辣，绫濑结衣吃的时候很不适应。

在忍耐之余，绫濑结衣还是说："很好吃。"

这女孩真善良。

不知是不是太善良，还是她适应了这股辣，总之我们边吃边聊起来。

我问她："你来之前做足海口的'攻略'了吧，在海口你有想去玩的地方吗？我这两天有空，尽管吩咐。"我拍拍胸膛。

"吃完饭可以去海边吗？"她说。

"海边？"

"嗯。海边。海口的海边。"

"海口的海边很长，不知道你说的是哪里。"

绫濑结衣拿出手机地图，给我指了指一个地方。

那是海口很靠西边的海边，远过新城区已经到了郊区，那片海滩离最近的渔村都要几千米。还好的是那地方离公路不远，离开公路走土路很快就到了。

"为什么去这里？"我问。

"只是想去。"

"你怎么知道这里的？"

"一个朋友。"

看来她藏着不少秘密。

有一位日本大美女要去海边，我当然是做护卫的骑士一路随行。当然，摄影师的敏锐嗅觉让我带上了相机。

此时天气晴朗，蓝天白云，光线不错，摄影指数 80 分。

西海岸边。

我坐在沙滩的树荫下，看着绫濑结衣一人沿着海水漫步。在她背后，是远处的海湾和模糊得只有一点点棱角的高楼大厦。

阳光洒在她身上，海风吹拂着她的裙摆。我傻傻地看着。不知不觉间，这样看着她心里很舒服。只要她站在那儿，安静地微笑，就能轻轻挥散我任何烦恼和不快。

我拿起相机，对准她侧面按动了快门。此时是午后，斜照的光线洒在她身上，耀眼如仙女。

第一张拍下后，我朝她喊了声："结衣！"

她抬头看向我。

我立即按下快门。

相机拍下她抬起头带着微笑的面容，带着一瞬间的青涩笑容，还有晶莹剔透的眼眸。

"啊！你偷拍我！"绫濑结衣大声说道。

"太好看了！"

"不，我不上相！"她连忙伸手遮挡自己的脸。

"你这种谦虚打算让天下多少模特愤怒呀？"我开玩笑道。

劝说一番，结衣还是躲避相机镜头，我只好把相机放到一边。

她呢，自己就跑远了。

一直到了临近傍晚，我们才离开海岸。

我一直不明白她为什么要来这里，这里除了一个破旧的灯塔和废弃的渔港码头外，什么都没有。更好奇的是，她似乎来过这地方，没有那种陌生感。

回到市区，我提出请她吃晚饭，她主动提出由她来请客。虽然我不太想让她掏钱，但在她坚持下，我还是同意了。她让我找一家本地的店，我推荐了半天，她却说了一家我以前听过的店名。

于是，我们去那里吃。

其实那就是一家老城区的小餐馆，从门面上看已经有二十年了。连我这种本地人都不知道的地方，她一个外国人居然知道，难道在网上做了"攻略"？

但看到店里都是本地的中老年人居多，实在想不到会有热衷于网红店的年轻人大力宣传到海外。

我们一进去马上吸引了周围人的目光，当然目光都集中在绫濑结衣身上。因为她太美了。

晚饭后，我们去旧城区的河道边，感受现代都市繁华下的古朴气息。走过河道，进入岔路口，就是有名的新华路夜市，一到晚上，这里人头攒动，热闹非凡。这里有许多风味小吃和烧烤，光是看就让人垂涎欲滴。

"晚饭没吃饱吗？"绫濑结衣见我又买了一串烤鱼丸，便问。

"吃饱了呀，不过手上不买点吃的，就不像来逛夜市的。"我发表奇特的见解。

"有这种事吗？那我也买点吧。"

绫濑结衣看了半天，在一家水果沙拉店前驻足。她买了一串青杧果，杧果肉是青绿色，涂上点辣椒盐，吃起来又酸又甜又辣。

"味道好特别。"这是她的评价。

"日本好像没这样调味的吧？"我问。

"嗯，光是吃辣的就很少了，还带着酸甜味。"她伸着小舌头舔了一口，再咬上一小块。

因为很酸，她脸抽搐了好一阵，我在旁看了忍不住笑起来。"吃不惯吧？"

"笑什么，才不会呢。很好吃！"绫濑结衣不服气地又咬了两口。可是又把她酸到。这次她忍不住说了声："好辣。"

"真那么又辣又酸吗？"我好奇地抢过去吃了一块，"没什么呀，味道正合适。"

"你住在这里当然习惯了！"她噘起小嘴，很生气的样子，"你去日本的话，我请你吃芥末，呛死你！"

"芥末？我是很怕芥末的。"我装出一副毛骨悚然的样子。

"那我要等着机会报仇了！"她开心地笑了。

离开夜市我们又去了海湾区。那里有一家刨冰店，可以一边吹着海风一边享受水果刨冰，夏季的暑气会随之消退。

车还没停好绫濑结衣就迫不及待地想下车。她很喜欢吃刨冰，点了一大份的水果刨冰。

“你还吃得下吗？”我问。

“我刚才没吃多少呀，就吃了几片杧果。”绫濑结衣咯咯笑着。

“少吃点，吃坏肚子可不好。”

“我最不怕的就是吃冰。”

“原来你是冰山美人呀！”

“冰山美人？我很冷冰冰吗？”

“不笑的时候，站在那儿就有点像了。”我伸手对着她比画了一下。

“这样呢？”

绫濑结衣果然憋住笑容，面无表情地看着我，坐在那儿一动不动。

海风吹过，她的秀发缓缓飘荡在额间和脸蛋上，平静的白皙脸蛋上透着淡淡红晕，一双湖水般轻轻波动的眼眸，不经意间已拨动了我的心房。

一种奇怪的感觉在心里滋生。

“算了，你一点都不像。”我赶快移开视线。

“啊？那你看我像什么？”她笑问。

“不知道。”我支吾地回答。

“很难看吗？”她问。

“很漂亮。”

“不笑也很漂亮？你太会安慰人了。”

“算是吧。”我勉强笑了两声。

正好刨冰端了上来，白色的刨冰面上已经被五颜六色的水果覆盖，最上面放着一个雪糕球。

"一起吃吗？"她拿起勺子问。

"你吃吧。"我说。

"你怎么了？"绫濑结衣关切地问我，然后笑了起来，"你不会是想着偷拍我吧！"

"没有。"我摇摇头，拎起放到一边的相机背包，"你看，装备都收着。"

"那为什么……你拿着手机？"结衣指着我右手上悄悄沿着桌子拿起来的手机。

"啊？！是吗？我准备发个信息。"糟糕，被发现了。

"为什么是那个姿势和角度，离得还很远。"

"是吗？手有点酸，伸远点。"

"那不是很不方便吗？"结衣的表情不知道是正经的，还是忍着不笑。

总之，我既憋屈又尴尬。

此时，走过来收盘子的服务员阿姨救了我，暂时打断了我们的对话。

老旧的冷气机发着细微的噪音，吹出并不凉的冷气，天花板上的风扇懒懒地旋转着。

今夜很快就结束了，明夜又是如何呢？

送她走的时候，我默然惆怅起来。

第二天。

我去找绫濑结衣，在酒店附近的天桥上等她。

这一天也是天空晴朗，蓝天白云，风正清凉。

正想着等下带绫濑结衣去什么地方的时候，有人从背后拍了我一下。我一惊，回头看。

是何芮。

她怎么在这里？

"你怎么在这里？"我脱口就问。

"你怎么在这里？"她睁着大眼睛反问我。

"我在这里是我的自由。"

"我在这里更是我的自由，而且这附近是我家！"

我晕！

我怎么忘记了绫濑结衣住的酒店旁边就是何芮家所在的小区！那天还送她来过这里。

正不知道怎么办的时候，突然想到绫濑结衣马上就要出来了。如果不赶快送走这瘟神，万一她闹起来，岂不要破坏我在绫濑结衣心中的形象，我昨晚筹划的"绫濑结衣摄影计划"不就要泡汤了吗？

"现在我有事要办，你先忙你的去吧。"我赶紧赶她走。

"喂！你不是要做什么坏事吧？不正常啊！"何芮敏感的第六感发作，警觉地看着我。

"你想多了，我要出去摄影，工作。"我转身给她看我背后的相机背包。

"我今天没事，我可以去观摩一下。"何芮厚脸皮地笑起来。

"不用，你去只会添乱！"

"什么啊！我做过摄影模特的！"

"知道！可我不喜欢有人在旁边打扰嘛！下次约咯！"

我正想着该怎么友好地赶她走的时候，绫濑结衣来了。她走到我跟前，悄声说道："唐泽先生，早呀。你朋友吗？"她大概早就听到我跟何芮的对话了。

何芮一抬头，先看了眼绫濑结衣，再看了我一眼，马上脸上一副"终于抓到你的阴谋"的表情。

"你模特吗？"

"什么模特，朋友。"我急忙打断她，不能让绫濑结衣提前警惕我的拍摄计划，"这是绫濑结衣，日本的朋友。结衣，这是我小时候的朋友何芮。"

"喂，朋友还能这么分吗？"何芮不满地瞥了我一眼，然后很开心地上前跟绫濑结衣打招呼，"你好，你好，我是何芮。"

接下来，完全就是何芮的节奏了，我完全被动应对。

原本的导游换成了何芮，我就成了个跟班的和司机。我只能懊恼自己的失策。

我们这次没去海边，而是去了海口周边的旅游景点。不过都是走到半路，被绫濑结衣临时带偏了方向，反而把我们带去一个不知名或者很少去的地方。

何芮忍不住悄悄问我："她以前也是玩摄影的吗？"

"为什么这么问？"

"亏你是摄影师，你没发现这些地方很适合拍照吗？"

何芮这么一说我才发觉，那些地方的确非常适合拍照，无论是构图空间还是光线角度等，都非常适合摄影。

逛完，海口已经是太阳西下的时候了。

苍穹下一幅壮阔的落日美景，城市早已笼罩在金黄色的霞光之中。城市的高楼大厦拖着长长的影子，落在街道和马路上，留下一片金黄色和灰黑色的最后光影。

街道和楼房开始亮起各色灯光，一起迎接夜晚世界的来临。

今天一天我都没机会拿出相机拍照，不是何芮在旁边碍事，而是绫濑结衣很警惕，时不时地跟我悄声说："不要偷拍哦！"

总之，做贼心虚的我就这样背着相机走了一天。在一旁看着的何芮一副看戏好开心的嘴脸。

很多时候，计划赶不上变化。如果一天之内发生许多意想不到的事情，完全是正常的。只不过一辈子碰不上几次，但我真的碰上了不止一次。

比如说今天中午在某个大导演搞的电影公社附近就碰到一个熟人——赵佳佳。

起先是绫濑结衣认出她的，两人相见先在旁边寒暄了一番，然后才转向我和何芮。何芮自然要介绍一番，但我就不需要介绍了。

赵佳佳见到我就指着我，眨着眼睛嘿嘿笑着说："老乡！"这是飞机上的梗，一瞬间把我带回到空难的那天。虽然听着很不是滋味，但又颇有感慨。

"老乡！"我回答道，"世界真是小啊！"

"我来这里旅游，正准备晚上去三亚呢。真是巧啊！"赵佳佳说。

"其实我跟佳佳说过了，没想到真的遇上。"一旁的绫濑结衣说道。

空难之后我是第一次见到赵佳佳，她和那天在飞机上相遇时一样，乐观开朗，似乎空难只是一件跟她无关的事情。

俗话说，三个女人一台戏。加入了何芮，这三个女人就开心地聊起天，彻底把我晾到了一边。

于是，阳光明媚的一天就在她们的愉快和我的郁闷中度过了。

为什么郁闷？

原计划带相机出来，抓拍绫濑结衣，毕竟她是正版的日系美人，跟国内那些盗版的摄影天差地别。能拍一次漂亮的日本女孩，机会十分难得，也许这辈子就一次。

可是没想到……

"别拍！"先是赵佳佳挡着不让我拍。

"为什么，我是职业摄影师，你不相信我吗？"

"我不上相啦！"

"这么漂亮怎么会不上相！？"

此时我们在海口的地标大桥边。碧蓝的天空下，宽阔的出海口两边是城市背景，大河从横跨离岛和海口主城区的地标大桥下穿过汇入大海，在苍穹和骄阳下尽显绚丽壮阔。

"你这么拍跟游客照有什么两样吗？"何芮在旁揶揄道。

"什么游客照？"

我看向绫濑结衣，她正靠着石头栏杆发呆，侧脸迎着阳光，煞是好看。拿起照相机正准备按快门，却被她发现，急忙别过脸。

快门慢了半秒，只拍了一个看不到脸的侧影。

"看来她也不喜欢拍照。"何芮说。

"不，我不上相。"绫濑结衣连忙道歉。

"这借口世界通用吗？"何芮笑道。

"你这话什么意思？"我不满地问道。

"就是别人觉得你技术不好拍不好人。"

"没有的！我觉得唐泽先生拍得很好！"绫濑结衣赶紧解释，"只是我不喜欢……被拍照。"

"好了，大家不喜欢就别勉强嘛！"赵佳佳在后面拍了拍我的肩膀，"走，接着去哪里玩，大导游？"

"唉……"我叹了口气，"去骑楼吧。"

于是，这一天就这么郁闷地度过了，明明两个大美人可以拍照却不给拍，拿着相机空欢喜一场。何芮也是大美人，可我却没有拍她的念头。那是因为她在海口跑不掉，那两位随时会走不拍就很难再有机会拍。

到了傍晚时分，吃饭的时间，赵佳佳提议请我们吃饭。作为这里唯一的男生，虽然钱包日渐干瘪，但还是要拿出男人死要面子的本色，张罗着请客带大家吃好吃的气势。

赵佳佳说我带了一天也辛苦了，要是再让我请，连绫濑结衣都会不好意思。"要是这样，大家明天就回吧，总这样我们可不想做厚脸皮的人啊！"赵佳佳说着很日式的汉语，让我听着挺别扭。

绫濑结衣说："你明天再请吧。"

两人一个威胁一个好言，给了一个台阶，我就不客气地下了。何芮却不解人意，一个劲在那里说："哎！应该宰他一顿嘛！"

虽然是赵佳佳请客，但地方是何芮选的，她提议去喝鱼汤。在市区靠近港湾的地区，一个挺有名的网红店。我其实比较喜欢市井一点的店，我觉得网红店就是名号响，一般都不好吃，因为老板们都把精力用在推广上了。

直到来到鱼汤店的包厢坐下来，我才感觉到全身酸痛无力，毕竟走了一天。绫濑结衣却显得元气满满的样子。赵佳佳和何芮跟我一样有了疲态。

"真是缘分啊！"何芮两手托着腮帮子看着我和结衣，"三个在飞机上经历过生死危机的人，又能在另外的地方相遇，然后在一起吃饭，真是很奇妙很奇妙的事啊！"

"人生就是这样，许多意想不到。"我说道。

绫濑结衣没说话，而是低头看着服务员端上来的鱼汤。赵佳佳在玩手机，只是抬了抬头。

场面有点尴尬。何芮没再说下去，嘟了下小嘴继续看手机。

很快锅里的汤开始沸腾，香浓的白雾在我们之间飘荡。白色汤水上翻动着鲜嫩的鱼肉，何芮迫不及待夹上一块，吹了吹便咬在嘴里，发出很享受的声音。

"好好吃！快尝尝！"何芮给绫濑结衣夹了一块。

"我的呢？"我问。

"自己夹！"何芮瞥了我一眼。

我夹了一块给赵佳佳。

她礼貌地说了声："谢谢！"

"谢谢不对吧，是她请客应该是你谢谢才对。"何芮对我说。

这台阶不好下，赶紧对赵佳佳说："谢谢！"场面很尴尬。何芮这人是尴尬制造者吧？

这么一感谢，让对面的两个女人一愣，何芮捂着嘴在一旁笑。

赵佳佳好像搞明白了什么，笑道："你还真可爱。"

"谢谢你们请我吃饭。谢谢JNA。谢谢那位机长让我活了下来。"说到这里我停下话，好像再往下说对死去的人非常不公平。

"敬大家劫后余生吧！"赵佳佳端起饮料。

饭桌上陷入短暂的平静。

赵佳佳却是个不缺话题的人物。"何芮，白天一直没问。你现在在哪里工作？"

有些比较私密的话题，只能等相互熟悉后，再在饭桌上打开话匣子。

"我在海航当空乘。"何芮刻意说得很慢，让绫濑结衣也听得明白。

"是吗？"绫濑结衣惊讶地轻轻捂住嘴。

赵佳佳倒不怎么吃惊，抿嘴微笑："我早就听说海航有个有名的空姐叫何芮，原来就是你。"

"你那么出名？"我惊讶地看着何芮。不是故意的，是真的惊讶意外。

"不是很清楚……"她却含糊地摇摇头。

赵佳佳继续说："我有个在海航的朋友告诉我，你刚来就有许多人追你。"

何芮那么受欢迎？那些男人都是脑残吧。

绫濑结衣在一旁似乎听懂了，又似乎听不懂，只是安静地坐在那里，边倾听边为我们舀汤。

"不会吧？我以为其他女孩子也和我一样，成天被这帮色狼骚扰。"何芮一副很无辜的表情，在座位上难受地扭了扭身子。

"每天送花送礼物，不叫骚扰吧？"赵佳佳似笑非笑地看着何芮。

"我不喜欢的都算是。"何芮回答得比较有性格。

"哈哈，有性格！"

"好了，别光顾着说话，快吃鱼肉喝鱼汤。结衣给我们舀的汤都快凉了。"我故意打断她们的谈话转移话题。

我夹了块鱼肉放在赵佳佳碗里，说："快吃吧，今天辛苦了，肚子饿了吧。吃饱再聊。"

"你关心我干什么，你该多关心关心绫濑结衣，让人家干坐在那儿听我们讲话，多不好受呀。"赵佳佳怕绫濑结衣听不懂，还特意说成日语给她听。

绫濑结衣听了后，忙摆摆手，说："没关系的，我喜欢听你们说话。"

"绫濑小姐，鱼汤还合你胃口吗？中国菜做鱼的方法和日本不太一样。"我给她也夹了一块鱼肉。

"嗯，很好吃。你以后叫我结衣吧。如果按照我们日本人的叫法，你们可能会不习惯。"绫濑结衣礼貌地说。

"结衣，其实汉语叫起来挺好听的。"我回味着结衣这个名字。

"是吗？"绫濑结衣笑了。

"结衣，你汉语说得很不错。你花了多久学会的，你汉语说得比第一次见到你的时候要好。"我脑海里浮现起在飞机上见面时的场景。

"那时候刚开始学，而且你说得太快我也听不懂。所以，很抱歉！"绫濑结衣又在道歉。

"哎呀，结衣，你不要动不动就道歉，搞得我怪不好意思的。"我尴尬地笑了笑。

赵佳佳在旁插话进来，"人家礼貌点不好吗？难道你喜欢粗鲁的女生吗？"

"我不是这个意思。就是有礼貌的女生让我不习惯。"

"难道你认识的都是不礼貌的女生吗？"

"有啊。"

我偷偷瞄了一眼身边的何芮。

她好像看出我的意思。她在桌子下用力踩着我的脚，而且还使劲地踩。

"你怎么了？"绫濑结衣见我表情奇怪。

我强忍着被踩脚的痛苦，镇定回答："没什么！有点……不舒服，我上个厕所。"我找借口站起身离开桌子。

在厕所躲了一阵，估计何芮气消了，我才敢回来。

回来的时候，就见她们只顾聊天，不怎么吃东西。何芮还在给绫濑结衣解释最近国内流行的网络用语。

我刚坐下赵佳佳突然就问："何芮，你现在有男朋友了吧？"

她怎么会想问起这个？

"你说呢？"何芮反过来问我。

一时间赵佳佳的目光集中在我身上。

奇怪，为什么她要问我？

"你应该知道吧！唐泽哥哥！"何芮别有深意地微笑。

"喂，问你呢！何芮有没有男朋友，你不知道吗？"赵佳佳有点等不及了。

"这我不太清楚，不知道啊。"我如果没记错的话，几天前那个在机场偶遇的年轻飞行员，长得挺帅气的。但因为何芮的眼神，我选择失忆。

赵佳佳对这个答案很失望。

绫濑结衣好像听懂了，又好像听不懂，于是她用日语问赵佳佳，听明白后微笑着说："我想何芮应该是有男朋友的，人长得那么漂亮。"

"结衣，不能以漂亮来判定有没有男朋——"何芮一脚重重地踩在我的脚上。

　　冷汗都要喷出来了。我痛苦地微笑着努起嘴。让对面的赵佳佳很困惑地皱了下眉头："你怎么了？又不舒服？"

　　"没什么，只是突然肚子疼。不过好了。"我咧嘴一笑，这时何芮的脚跟还狠狠地踩在我的脚面上。

　　"没有你看上的男人吗？"赵佳佳问何芮。

　　"还没碰到，缘分这种事还真不好说。"何芮叹了口气。

　　"别老问别人呀。赵佳佳，你有没有男朋友？"轮到我提问了。

　　"有呀！"赵佳佳大方地回答。

　　"中国的？"

　　"嗯！"赵佳佳点点头，又看了下一旁安静的绫濑结衣，"你猜结衣现在是单身吗？"

　　"这个啊……"

　　怎么又转向绫濑结衣了。

　　看到绫濑结衣脸上微露的尴尬，我想她应该有什么难言之隐。赵佳佳今天一点都不和谐，完全是在带节奏制造尬点。

　　"喂！别拿人家开玩笑了。等拿你开玩笑的时候你就不这么看了！"我赶紧转移话题让绫濑结衣不至于那么尴尬，"明天就走了吗？不留海口多玩几天？还可以去三亚转转。"

　　"我原本打算去一次广州，你这么说我可以考虑一下。"绫濑结衣说。

　　"你打算做导游吗？"何芮问。

"未尝不可。"我笑道。

"你有什么想法呀？"赵佳佳笑眯眯地看着我。

糟糕，被误会了。

我赶紧说："你别乱猜，我只是尽地主之谊，热情接待日本来的朋友。"

"行了吧，你！谁不知道！"赵佳佳瞥了一眼。

"喂！你别这么说啊！"

"我明白！"绫濑结衣点了点头，又对我说，"没关系，我没事的。"

今晚的四人局就像这锅浓浓的白色鱼汤，让鱼肉在锅里滚动着，越滚味道越浓。

绫濑结衣的解围让我们的"战局"终于归于平静，大家一时找不出新的话题，扭头一起看着锅里。锅里翻腾起的白雾，让窗外的城市朦胧了许多。

吃完饭我送她们到酒店。先送走绫濑结衣，再送赵佳佳，到了酒店楼下。

赵佳佳刚走几步就掉头回来找我。

"有事找你谈谈。"

何芮看了下我，识相地站到一边。我点了下头，跟赵佳佳到旁边的路灯柱下。

赵佳佳拿出一盒烟递给我，想不到她也抽烟，但我不抽烟，于是摇摇头拒绝。

她自己先点起烟，烟雾弥漫之下她开了口："结衣这女孩不错的。"

"是啊！"我回答。

"不过，她好可怜。"

"怎么了？"

"她现在还处在 PTSD 的状态中。"

"什么是 PTSD？"我觉得这词有点熟悉但又很陌生。

"创伤后应激障碍。那天的空难幸存者有些得了这病，结衣就是其中一个。别看她表面很正常，她要靠药物才能保持正常。而且经常失眠，听说用药量正在增加。她现在已经停飞。白天她告诉我她来海口是坐高铁来的，不是坐飞机。而且来中国是坐船来的。"

"既然得了这个什么 PTSD，为什么不留在家里养病，还四处跑。"

"她现在是留职休息状态，JNA 航空也给了足够的医疗保障。我也没想到她会跑来中国。"

我终于想起了 PTSD，这个词多见在美军身上。许多在阿富汗和伊拉克战争中饱受 PTSD 摧残的老兵痛不欲生，甚至以自杀来结束自己的生命。

想到这些我突然后怕起来，非常担忧绫濑结衣的状况。她会不会在自己一个人的时候默默忍受痛苦而受不了想自杀呢？

"帮帮她吧。"赵佳佳很认真地看着我。

"怎么帮？我又不是医生。"我很无奈地反问。

"陪她去哪儿走走玩玩呗。我可以多留两三天。"这就是赵佳佳的方案？感觉很佛系。

"这也是治疗方法吗？"

"我听别人说的，我看了不少PTSD的案例，都离不开家人的陪伴。"

"那为什么不让她家人来？"我问。

"听说她家里的情况不好。酒鬼父亲，混歌舞伎町的母亲。"赵佳佳叹了口气。

"啧！真的假的？这么狗血！"我诧异道。

"应该是真的，不要觉得日本什么都是高大上，也有很多很糟糕的人。"

"我怎么觉得你说话很日系啊？"我平时也看日剧，听着真是很熟悉的调调。

"在日本的航空公司混久了嘛！"赵佳佳调皮一笑。

"好了，放心吧，我明天过来带你们出去玩。"我结束对话准备离开。

"那拜托了。"赵佳佳拍拍我的肩膀准备回酒店，往我身后看了一眼。"带上何芮，记得哦！一定哦！"

"好。"虽然不情愿但还是答应了。

我正准备离开，突然赵佳佳又转身说："对了，告诉你一个秘密。"

"什么秘密？"

"结衣喜欢的人，哦，不，准男友听说死在那场空难里。"

"不是吧？！"这个秘密太震撼了。

我好半天才回过神来，此时赵佳佳早就回了酒店。

突然有一种很揪心的感觉。

我往回走，看到何芮靠在车边拿着手机发呆。

"喂，在想什么呢？"我走过去叫她。

"怎么这么久？"何芮抬起头一脸不高兴。

"不好意思，随便聊了一会儿，忘了时间。"我抱歉地笑笑，但我脸上的情绪也跟何芮一样，更加不好。因为绫濑结衣的准男友死于空难这件事如同一个沉重的石头压在我心头。

虽然我不知道那个男人长什么样叫什么名字，但一个跟我经历同一场空难的人死去了，而跟他有关联的人却在我面前饱受着另一种痛苦。一种莫名的说不出的糟糕感觉弥漫全身。

何芮一脸鄙夷，"聊一会儿？不会是在预谋什么坏事吧？"

"你以为都像你呀。"我拉开车门准备上门。

"切！"何芮离开车走上人行道，并没有上车。

"何芮等等。我送你回家！"我赶紧下车喊她。

"不用！"何芮头也不回气呼呼地甩了下手。

何芮一人消失在马路的尽头，浸没在城市的霓虹灯之中。

没多久，何芮的微信：哼！

这是什么意思？为什么突然来个哼。

第二天，我一大早就爬起来。为了陪绫濑结衣和赵佳佳玩好这三天，我特意向张伊达他们公司请假，因为说好了要先拍预告片。

虽然合同没签，但口头意向已经有了。像我这种为了妹子不要生意，着实让张伊达纳闷，他眨着哆啦A梦般的大眼睛，想了下就进了王子章的办公室。

没多久，他就叫我过去，说王子章要见我。

王子章问的第一件事却不是摄影的事，反而笑着问："我上次说的事你还记得吗？"

"上次？"

"他的女神。"王子章指了下外面。

我恍然大悟，"哦，那事。需要我打掩护是吗？"

"当然。"

"为什么你要这么着急地把自己的女人推给别人？难道有新欢了？"

"这是我自己的事，你不用多问。"王子章往椅子后背一靠。

你自己的事为什么还要我掺和。

"我尽力帮忙。"为了我的业务，也只能勉为其难地答应了。

我不认为我是在出卖朋友，张伊达还要感谢我才对。他不是说尹素儿是他的女神吗？好嘛，这次你的女神送上门来了！

王子章很满意地说："下个周末，我们四人约时间吃个饭吧！你那个摄影的业务，明天把合同拿来我就签了，定金我们可以先付一半。"

"那太谢谢了！"

离开金融大厦，来到何芮家楼下。从楼下看她的房间窗户半开着，露着随早晨的和风轻轻摆动的窗帘。

我拿出手机拨通了何芮的电话。

响了一会儿，就接了。

"喂……"电话那头传来何芮迷糊的呢喃。

"何芮，起床了吗？赶紧起来吃早餐。"

"神经啊！一大早吃什么早餐呀？"何芮声音懒懒的，听上去像是在撒娇。

"我都站你家楼下了！今天我们出去玩啊！昨晚说好的，赵佳佳应该给你信息了吧？你不起床我可要上来啦！你妈妈应该在家吧！"我开玩笑地想吓唬吓唬她。

"你别上来！就在下面等我！"何芮一下子精神起来。

"好！快点呀！"我满意地收起手机。

我靠在车边等了半小时，肚子在咕噜叫的时候，何芮才噌噌地跑下楼，娇声喘气地走过来，蹙眉微怒地看着我，"你烦不烦！这么早！"

"上车，早餐。"我不废话直接拉开车门。

我们到附近找了小店边吃粉汤边聊起昨晚赵佳佳跟我说的绫濑结衣 PTSD 的话题。

听完后何芮一副很伤感的表情："这么可怜！我一定要帮助她！"瞬间正义感爆棚的样子。

"你只要不捣乱就好了！"我说。

"你什么意思啊？"

"等等，我说的意思是，不要阻碍我的小计划！"我指了指车后座，"我的照相机已经等了好久了！"

"你不会是想拍她吧？"

"当然，有日本妹子拍，为什么不呢！"

"人家哪有心情给你拍照呀。"

"我当然知道，所以啊，要抓机会，来个抓拍。我那天拍了两张，真不错。"

我拿出手机找出那天在海边拍的照片，递到何芮跟前。

何芮看后猛点头："不错不错，人长得好看怎么拍都好看，跟摄影师无关，我觉得。"

"你什么意思？"我大为不满。

"哈哈，开玩笑的嘛！"何芮吐舌头笑道。

带上何芮是因为赵佳佳的要求，虽然我不知道为什么要带她，也许是多一个女孩热闹。但我总想起一句俗话叫"三个女人一台戏"，我一个男的就是个看戏的吃瓜群众。

"趁这个时间，我们商量下今天的行程。"

"海口有什么好玩的，不就是去海边或者观澜湖再看看'电影公社'吗？"何芮边说边喝着碗里的汤。

"去下面市县？琼海、文昌、三亚……"我没好气地问。

"你好有钱哦。"何芮一脸鄙视地看着我。

"就是没有才想跟你计划的啊！"

"你不是想偷拍吗？去三亚嘛！"

"喂！说什么偷拍！咱们光明正大地拍！"

我们吃完早餐后，就赶去酒店。进入酒店大堂，就看到绫濑结衣站在那儿。她穿着一件水蓝色花纹的连衣短裙，蓝白色裙角随着修长的玉腿轻轻摆动着。她慢慢走到大厅落地窗前，窗外的阳光淡淡地洒在她的身上。恍惚间，我感觉她就像夏季里映着光斑的蓝色海面，清爽又纯纯的。

何芮推了我一把："看什么呢？这样也能让你看傻？"

我回过神来，"没，没看什么。"

此时，赵佳佳穿着 T 恤牛仔短裤从酒店大厅另一头走过来，她住的酒店离绫濑结衣的不远，自己过来会合。见到我就招手打招呼："嗨！唐泽！"

"早啊！"我也招手。

赵佳佳走过来，先向何芮问早，两人随意说了几句话。绫濑结衣看见了我们，很热情地走过来，对我温柔地一笑，"早安！唐泽先生。"

"都说让你叫我唐泽了。"我脸上有点不乐意。

"抱歉！"绫濑结衣捂嘴害羞地笑了笑。

"人都到齐了，我们出发吧！"我拍了拍掌。

"急什么，都没吃早餐呢！我肚子都饿扁了！"赵佳佳软绵绵地说。

"早就买了，在车上。"我大拇指指了指外面。

"你还真体贴呀！"赵佳佳拍了拍我的肩，径自向酒店外走去。

经过昨晚的谈话，好像我们的关系又近了一步。

按照事先订好的行程，我们先去海口下属一个县的海边，那里有一个网红海滩，许多女生都喜欢驱车前往拍个照打个卡。

今天周末，天气晴。

大海和天空都是一片迷人的蓝色，淡淡的云层随意点缀着蓝天，耀眼的阳光只是让色彩更加明艳。

这片海滩的确网红，有很西式的老教堂，有经典复古的大众旅行面包车，有凉亭，有秋千，更有木制码头，远近都有不少游人在拍照。

我坐在沙滩上，把双脚埋在沙地里，懒洋洋地躺在遮阳伞下，静静地看着蔚蓝的海水翻着白浪不断拍打着海岸，侧耳倾听涛声和海鸟的叫声，感受着午后阳光的倦懒，全身上下透着说不出的惬意。

　　何芮坐在我旁边，低头玩着手机。

　　"何芮，你怎么不下去游泳呢？"我问。

　　"我为什么要下去？你怎么不下？"何芮看着我。

　　"我不会游泳。"我不觉得羞愧，在海边长大不会游泳的人多了去了。

　　何芮咯咯地笑了，"你不会游泳？那还不赶快去学？万一哪天坐船沉了，你怎么办？"

　　"拜托，现在都坐飞机了，还坐什么船呀。"我瞥了她一眼。

　　"飞机也会空难掉海里的，"何芮说，"就像你。"

　　"喂！"我想到绫濑结衣准男友的事，赶紧压低声音做了个嘘的动作，"你会游泳吗？"我换了个话题。

　　"会呀！"

　　"唉，来到海边不游泳，你不觉得太可惜了……"我坐起身子，伸着懒腰。

　　"你是想看我穿泳衣吧？"何芮睨了我一眼。

　　"我不想看。"我偷偷看了一眼何芮。她身材那么好，穿起泳衣一定很好看。想到这里，我偷偷吞了吞口水。

　　但是这一微小的动作还是被何芮捕捉到了，她骂了一句："色狼！"

　　我没搭理她，知道搭理下去又是没完没了，最好的办法是转移注意力。我的视线开始往海边看去。何芮冷哼了一声："在找赵佳佳吧，刚才还没看够吗？"

赵佳佳一来到海边就换上火辣性感的比基尼泳衣，修长窈窕的曲线，迷人的美貌，随风飘散的长发。顿时，整个海岸上狼烟四起，无论老少，单身还是已婚，是个男的都想多看几眼。我不是君子，我承认，我的心也在荡漾，也在幻想。

"我不是在找她。"

"找谁？"何芮明知故问。

"绫濑结衣呀！"

她不知道跑哪里去了，我有点担心。她汉语不太好，万一走丢怎么办？这里又是郊外的海边。

何芮也认真起来："我刚才还看到她在海边走着呢。会不会突然想游水了，回去换泳衣了？"

"车钥匙在我这儿，她怎么拿泳衣？"我拎起钥匙说。

"那她跑哪儿了？"何芮站起身子往海边张望。

我心底渐渐感到一丝不安，"你先坐这里等着，我去找她。如果她回来就给我打电话。"我站起身，向海边走去。

"嗯。"何芮这次很配合。

我沿着海岸线走着，边走边看，寻找着绫濑结衣的倩影，那道初夏里最温柔的阳光。海风呼呼吹拂着，海浪的涛声此起彼伏。

蓝色连衣裙在我眼前随风浮动，一双湖水般清透的眼眸出神地看着大海与蓝天交界的地方，阳光洒在她身上，散发着淡淡的令人心动的气息。

"绫濑结衣！"我朝她喊。

"唐泽！"她对我笑。这次，她终于叫了我的名字。

"怎么一个人在这儿。"我来到她面前。

绫濑结衣抿嘴微笑，"我随便走走。"她提着鞋子，光着脚踩在松软的沙滩上，让海水轻轻地抚摸着脚面，是在享受，又是在嬉戏。

她跟那天在海口第一次见面时候一样，也是这样安静地在海边走着。她喜欢在海边漫步？

"不下海去游泳吗？今天的天气很好，海风又舒服。"我尽量说得简单，让她听明白。

"我喜欢这样在海边走着。"绫濑结衣抚了下额间被海风吹散的发丝。

"为什么你会去上次那个地方？"这是我很大的困惑，"别告诉我是看的'攻略'吧？"

"差不多。"她随意地笑了笑。

我很喜欢看她留长发的样子。昨天她把头发盘起来，就像空姐的发型一样。现在，她把长发披散在肩上，任由海风吹动。发丝不时在她秀美的脸蛋上作乱，让我忍不住想替她抚去。

"你的家乡在哪儿？也可以看到海吗？"我问。

"我家在冲绳。"绫濑结衣很欣赏地看了看海面。

"冲绳。"我在嘴里念着这两个字。

三个月前，我准备出发去日本。还想着顺路去趟京都看看，但没到冲绳，却到了冲绳外面的大海上。

那是我第一次去日本，也是在那天认识了赵佳佳，认识了绫濑结衣。

绫濑结衣也想起来了，说："那你去日本是去玩的吗？"

"玩？"我摇了摇头。

"不对吗？"绫濑结衣一脸困惑。

"有个工作去那边，但因为客户的原因，我不得不提前离开，就上了那班飞机。"一说到飞机我马上后悔了。

赶紧收住口，但发现为时已晚。绫濑结衣突然沉默起来，然后侧过身子抬头看着大海。此时阳光已经柔和了许多，太阳正渐渐西下，风也清凉了一些，苍穹的蓝色也在渐渐黯淡。温柔的阳光洒落在她的脸上，有种说不出的美感，弥散在我的眼前。

"唐泽。"她问。

"嗯？"

"你有喜欢的人吗？"

她这句话为什么说得那么清晰又那么流利。大概想了好久了吧。

"现在还没有。"我回答。

"没有喜欢的人就是好，不会有太多的烦恼。"她轻轻说，笑容里却露着一丝凄楚和无奈。

我想起昨晚赵佳佳对我说的话："你有喜欢的人吗？"

说出口就后悔了。

我这人说话怎么不过脑子呢？至少要讨两次才行！

但绫濑结衣依然给出了答案："有的。但他已经不在了。"

"对不起。"我赶紧道歉。

绫濑结衣看了看海面，问："可以陪我一起走走吗？"

"走吧。"我点了点头。

我们继续沿着海水退去的地方漫步，一路上我偷偷看着绫濑结衣。她心不在焉地在想着什么。是在想着死去的男友吗？

唉！

我真不该问。

她突然蹲下，抱着膝盖伏下头。

"你怎么了？"我问。

绫濑结衣没说话，但我看到她整个身体都在颤抖。我不知自己该干什么，也不知道发生了什么。

过了好一会儿，她满脸憔悴，脸色煞白地站起来，软弱无力地对我说："我们还是回去吧。"

"嗯，回去。"我猜她的 PTSD 发作了。

一路上她的状态很不好，走路有点飘，但还是回到了我们的遮阳伞下。何芮不知道跑哪儿去了，赵佳佳正戴着墨镜躺在沙滩椅上，懒洋洋地听着音乐。

"何芮呢？"我走到她身边问。

"刚才接了个电话就走了。"赵佳佳摘下墨镜说。

"回去了？"我急忙拿出手机拨打她的电话。

电话占线！

她不会自己回去吧？她又怎么了？不会生气走了吧？刚才不是好好的吗？

等等！她包包还在我车上，她身上不带钱怎么回去？这个笨蛋不会是气昏了头才走的吧？我继续拨打她的手机。

赵佳佳觉得我好笑，"看你紧张的样子。她可能去找安静的地方打电话了吧？"

"你不懂啦！"我继续拨打手机。刚才有过小争吵，她不会一激动自己走回海口吧？虽然离开前看她没什么事，但谁知道呢？我觉得她也算是个 PTSD。

"我当然懂呀！"赵佳佳别有意味地笑着。

"你懂什么呀！这个小姑娘，脾气臭得很，性格又古怪。"我说话的时候丝毫没注意到赵佳佳正朝我背后看。

我背后有谁？

赵佳佳和绫濑结衣都在一脸尴尬地往我身后看。"那个……"绫濑结衣悄悄指了指我身后。

"啊？"我边说边回过头。

何芮！她正站在我身后，平静地看着我。看见她我惶惶紧张的心情终于松了一下。

"你跑哪儿了？"

"我去接了个电话，公司打来的。"何芮眉头皱得很紧，随时要爆发的样子。

她居然忍着了，应该是给赵佳佳和绫濑结衣面子没有爆发。

"你没什么事吧？"我小心翼翼地问。

"没什么。"何芮摇了摇头，走到绫濑结衣身边，挽着她的手问，

"你们刚才在聊什么？"

"没什么。"我回答。

"哦。"然后她转身又走。

"你又去哪儿？"我问。

"我累了，去吃饭吧。"何芮回过头，有气无力的样子。

"我们也走吧，玩了一天大家也累了。"赵佳佳拉着绫濑结衣的手，走过我身边还拍了拍我的肩，又轻叹了一口气。

"都是你。"我说。

"喂!"赵佳佳指着我，笑道。

清凉的夏风，依然舒服。天空虽然还是那么蔚蓝，却在渐渐黯淡，层叠的色调越来越明显。阳光的影子在沙滩上慢慢拉长。大海的浪花继续翻滚着，但是啼叫飞翔的海鸟却渐渐少了。

越是临近傍晚，海边的人也越多。烧烤，或者游泳，都是难得的享受。

我们上了车，离开海滩，回到海口，在沿海的一家自助烧烤店门前停下。我选了靠海的阳台座位，准备一边看海景，一边烤新鲜的海鲜吃。

虽然安排很好，赵佳佳却有意见了："太没意思了，我们应该留在海边来个真正的烧烤。"

"说得容易，那种烧烤可是件很累人的事，好不好!"我知道她说的是什么烧烤，几个人围着一个简易的石头炉子，自己放炭自己生火，虽然很浪漫，但干起来就没那么浪漫了。

"是因为你没用。"何芮语气很不好地说道。

"喂！何芮！你什么意思？"我不满道。

赵佳佳赶紧缓和气氛，"你唐泽哥哥可以的，哪里没用。好了好了，这个自助烧烤也很好，没那么脏，吃完就走不用收拾。刚才我只是随便说说。"

何芮把头别向海的一边，靠着护栏把头趴在双手上，自己看着漆黑的大海和华灯璀璨的城市。

"怎么了？"绫濑结衣刚从洗手间回来，见气氛有点怪，于是问何芮，"不舒服吗？"

何芮只是摇了摇头说："没事，我有点累。"

我斜了下身子，靠近她说："你想吃什么我帮你拿，我帮你烤。"

"不用，我不想吃东西。"何芮继续趴在那里。

"别生气了，吃东西吧。"我还是得让着她。

赵佳佳站起来拉着绫濑结衣说："我们去拿点饮料吧。你们要些什么？"

"不用，你们随便拿吧。"我说。

赵佳佳走的时候，还趁机向我使了个眼色。

现在桌上就剩下我们俩了。

"何芮，你肯定是在生刚才海滩上的气。"我说。

"我有那么小气吗？"何芮还是不愿转过身子看我。

废话，你当然很小气。

"很大气。"

"没你大气！"何芮回头怼了我一句，"离我远点儿！最好别在我的视线里！"

"我去拿东西。"我赶紧起身离开。

何芮却先于我离开座位。我也跟着站起身："你要去拿吃的吗？我帮你拿吧！"

"我回家！"何芮站在我面前冷冷地说。

"都没吃饭呢，你回去干什么？"

"要你管！"何芮推开我，向门口走去。

正好此时绫濑结衣拿着饮料回来。

"你们吵架了？"绫濑结衣走过来。

"应该吧。"我无奈笑道。

"你为什么不追她？"

我叹了口气："算了，过一天大概就会好的。"

这时候赵佳佳回来了，端着一大盘子的东西，手上还捏着一块蛋糕，见就我们俩人便问："何芮呢？"

"刚有事回家了。"我看了一眼绫濑结衣。

"嗯，她刚走。"绫濑结衣很懂事地配合我。

"气还没消吧？"赵佳佳坐回椅子上，拿起饮料喝起来，"看来你们的感情挺深的。"

"算了吧，深什么。一点都不深。经常吵架互怼。"我无奈笑道。

"这还不好啊？"赵佳佳笑眯眯地看着我。

"没事了，由她去。来，让我为两位女士好好服务一下。"我拿起筷子，把赵佳佳拿来的海鲜一个个放在烤炉的铁网上。

"那真是谢谢了！多烤点虾。"赵佳佳捏着筷子在烤炉上指挥起来。"好的，没问题。你看我这服务应该不比你们空姐差吧。"我夸奖起自己。

"喂！还好意思说呢！快翻下呀，不然下面就烤焦了！"赵佳佳鄙视了我一眼。

"我来帮忙。"绫濑结衣也伸出筷子凑过来帮忙。

夜幕下的海湾呈现出迷人的景致。高楼大厦华灯耀眼，街道霓虹绚烂，像一块金色的纱衣，轻轻地披在海岸的城市身上，让她在这个漆黑的夜晚里，重新焕发着活力，让刚刚来临的夜生活充满夏季的魅力。

海风轻轻吹拂着阳台上的花草，却听不清浪涛声，只有海鲜炙烤的吱吱声，香喷喷的白气弥漫在我们之间，让人垂涎欲滴。

赵佳佳喝了一口冰冷的啤酒，畅快地感慨道："这就是夏天的夜晚！太棒了！"然后轻轻尖叫了一声。

此时她穿着碎花吊带连衣裙，靠在扶手边站着，任海风吹拂。这一幕太美了，让我想回车里拿相机拍几张。赵佳佳也是个很上镜的大美人。

其实何芮也是。

可是我为什么就不能得偿所愿地让她们给我尽情拍照呢？

人生大概就是这么无奈吧！

"好香！"绫濑结衣吃了口烤鱼，笑容满面地连连称赞。

晚饭后，我们三人在海岸的人行道上散步，三个人一前一后地走着。

赵佳佳拿着手机在煲着电话粥，独自一人漫步在前面，不时发出笑声。绫濑结衣慢慢地跟在我身后，我不时回头看她，她总是若有所思的样子，似乎一肚子的话想说却又犹豫着。

"结衣，在想什么？"我放慢脚步跟她并肩走着。

"没想什么。"绫濑结衣摇摇头。

她总是这样一个人低头。我猜她有心事，或者她正默默地被PTSD折磨。

三天的假期很快就结束了。

绫濑结衣要坐列车回上海，赵佳佳也要去自己原定的目的地。一大早，我就开车来酒店接她们，先送绫濑结衣去火车站。时间比较早，太阳也才刚刚升起，暖暖的阳光洒在脸上，说不出的舒服。大概是习惯了空姐这份工作，赵佳佳和绫濑结衣没有多少困意，在车后座上聊着天，看着车窗外的晨光。

"唐泽，下次见！"绫濑结衣在入口前，迎着暖阳朝我送来甜美的微笑，看得我直愣神，直到赵佳佳拉我才回过神来。

在送赵佳佳去机场的路上，我们聊起了绫濑结衣。赵佳佳先问："你觉得怎样？"

"很好，没有那么大的反应。PTSD不是很严重的样子。"

"昨晚我去酒店找她，发现她把房间里的东西打翻了一地。"

"这么……不会吧？"我难以置信这是我看到的绫濑结衣。

"结衣总是把最好的一面留给我们，很多时候她都在强忍。你仔细观察就会发现她的不对劲。"

赵佳佳这么一说，我突然想起在海边跟绫濑结衣漫步沙滩时她突然弯腰的反常举动。也许是提起她的男友才导致 PTSD 发作。

很快，车子就到了机场。我一路送赵佳佳到安检口。

"再见咯！来北京玩找我哦！"赵佳佳轻轻摆手告别。

"会的，不要到时候找借口不见哦！"我笑着说。

"怎么会呢？到时给我电话！"她做了个打电话的手势就进了安检口。

夜晚，我回到家后拨通了何芮的手机，那边居然响了几下又给断了，看来何芮不愿接直接挂了我电话。不过，我还是发了条道歉短信给她。

其实我不明白我为什么要向她道歉。

唉，算了，等她这次气消了后，以后少跟她来往，免得自寻烦恼。

4

人都走完，我也没事了，终于可以进入工作状态。来到金融大厦，进了办公区就看到张伊达懒洋洋地坐在办公椅上。他打着哈欠问："这两天去哪儿玩了？"

"没去哪儿，就接待几个朋友。"我随意地回答。

"女的？"张伊达扬了扬眉头，继续问。

"你管那么多干吗？你先顾好自己的吧。"我随口一说，发觉自己有些说漏嘴了。

"顾好我自己的？"张伊达愣了愣。

"是这样的……"

我一时间犹豫起该不该跟他说王子章和尹素儿的事，又害怕跟他说以后会不会伤到他的心。

现在周围人又多，要是张伊达吵起来，后果不堪设想。

"干什么，说话说到一半不说下去。"张伊达不耐烦起来。

还是先跟他提一下尹素儿，再带他到外面细说。于是我便压低声音说："你还记得——"

"唐泽，王总让你去办公室一趟。"经理秘书冯丽不知道什么时候出现在我身后，吓了我一跳。

王子章亲自派秘书过来叫我，看来他等不及了。

"好，马上去。"起身后又对张伊达小声说："回来后再跟你说！"

"好事坏事？"张伊达伸长手拉住我问。

"废话！当然是好事啦！"

"啊！"张伊达睁大眼睛，一阵窃喜。

和秘书冯丽进了王子章办公室，就看见王子章摸着额头做烦恼状，见我进来往身后的秘书看了眼说："小冯，出去把门关上，我有事要跟唐泽谈谈。"

待门一关，王子章就迫不及待地从椅子上跳起来，跑到我跟前焦急地问："怎样？说了没？"

"我刚来公司屁股都没焐热，至少给点时间吧？"我为难地说。

王子章拍了拍我的肩，"抓紧好吗？今天都周三了！再过几天就是约定的日子了。"

"我知道，王总你放心吧，我会说的。"我点了点头。如果让他知道我还在烦恼怎么开头，他会是什么表情？

正当我们要继续探讨那天周末的见面时，秘书冯丽又敲门进来。王子章很不高兴地问："不是跟你说我有要事在谈吗？"

"王总，我想您还是出来看看比较好……"冯丽指了指门外。

我走出办公室，看见很多人趴在窗户前，高声议论着，边走边隐约听见引擎的轰鸣声。

什么车引擎声这么大？连人都一起躁动起来。

我挤到张伊达边上，伸着脑袋问："怎么了？怎么了？"

"喂！看到没有？布加迪威龙呀！"张伊达指着楼下。

"布你妹！你会不会看，是帕加尼！"旁边有人骂了一句。

"帕你姐！是保时捷！"又有人在旁更正。

"是帕加尼风神。"王子章说了一句，他不知道什么时候已经挤到窗边。

我们齐刷刷地看向他，还没等我们说好，他身后几个主管就已经拍起马屁来。

王子章没理会我们惊奇的目光，继续全神贯注地往下看，"风神可是卖几千万的豪车，开车的这家伙是谁？"

我从十一楼往下看，只能看到银灰色的流线型车身。我对车研究不深，大家说是帕加尼就是帕加尼吧。

帕加尼不断地轰鸣着引擎，似乎故意要吸引我们的注意力。车边站着两个保安，愣愣地站着不知所措，难道也被这辆车震到了？

"保安怎么了？就让它这么制造噪音吗？"我抱怨起来。

"这里不止有银行，也有酒店。也许是住店客人吧？"张伊达说。

张伊达他们上班的地方是一个三栋大厦组成的复合式建筑群。其中一栋就是我现在所在的国际金融大厦，一栋是银行办公大厦，另外一栋比较大的，就是国际商务酒店。

这辆帕加尼正好停在酒店和国际金融大厦之间，不过酒店的保安却很势利地任由它制造噪音。

很快，帕加尼的引擎轰鸣停了下来，车门打开，从上面下来一个穿着短衬衫的男子。我还没看清那家伙的长相，就先被他手上扬起的那沓钞票吸引住了，一沓红色的钞票打在保安殷勤送上的两手间，然后把跑车丢在路中间，头也不回地向国际金融大厦大门走来。

"喂！你看了吗？有二十张啊，打赏小费两千太嚣张了吧？"有位同事抬了抬眼镜。

正当我惊奇他怎么能从十一楼数清地面上有几张钞票的时候，另一位眼镜稍厚的同事扶着镜框点点头说："唔……有两张是旧的，其他是新的。看来他不怎么用钞票呀！"

幸好这帮钞票达人没说出什么"从色泽我能看出是哪一年发行的"之类的话，不然我真要顶礼膜拜一番。

金融部有很多是从银行调来的"钞票党"，无一不号称数过的钞票比自己吃过的米还多。

"他好像进了我们大厦吧？"张伊达突然提醒了我们一句。

"你说他会去几楼？"我反问一句。

"可能是去行长办公室吧？"我猜测。

很快，看热闹的人渐渐散去。倒是王子章还在细细观赏着那辆豪华跑车。

我看了一会儿，就和张伊达回到办公座位上。

周围的人还在谈论楼下的帕加尼，张伊达也无聊地翻看网页，我趁机趴在隔间挡板上，悄声问："张伊达，你还记得——"

"那个开帕加尼的人来我们这层楼了！"不知道谁喊了一句。

帕加尼男上到我们这一层引起了不小的骚动，不少人都想看看这个帕加尼男到底长什么模样。

我也跟着跑到门口围观，还未到门口有人大喊："找王总的！"

顿时，全部门的人齐刷刷地将视线集中到王子章身上，张伊达在我身后说："唐泽，好像要出事。"

对这个男人，我总结一句：真他妈的帅啊！

其实不用我总结，只要看我身后女生们那双双冒光的眼睛就知道了，我甚至还看见几个年超三十的剩女在偷偷咽口水。

帕加尼男穿着一件有很有品位的白色花纹短衬衫，再配上一条好像牌子很贵的牛仔裤。在他那一头整齐梳理的波浪卷发下面，是一张俊美得像冰雕一样的脸庞。

光是靠这样的扮相，他就足以秒杀在场的全部女生了。

"你找我？"王子章从人群里走了出来。

帕加尼男嘴角轻轻笑了笑，刻意优雅地抬起手，指着他问："王子章对吧？"

"是。有事吗？"

他把头凑近王子章，手指点了点自己的胸口，说："我叫杨一兆，名字怎么写你不用管，我干什么的你不用管。你唯一要知道的就是，从今天起素儿是我的！以后，素儿由我来保护，不会再让你随便伤害她！"说到最后，他怒瞪了王子章一眼。

我一愣。

素儿？难道是……

杨一兆点点头，歪着脑袋看着王子章，"装傻啊？欺负了人家还装不知道？还一而再再而三伤害她。你觉得很过瘾是吧？"

王子章松了松领带："我不知道你是谁，现在是我们的上班时间，你已经打扰了我们的正常工作。麻烦你离开，谢谢。"他伸手指着电梯门。

"干什么？我在你们银行也存钱的，怎么了？这样对待客户的吗？"杨一兆摆出一副夸张的表情。

"你存钱的地方在隔壁楼下，这里是金融部。"王子章指了指地板。

"知道！"杨一兆冷哼了一声说，"不就一个小破部门吗？有什么了不起的？"

王子章往身后看喊了声："冯丽！"

"王总。"冯丽挤出人群走上前两步。

"叫保安请这位先生出去。如果他还不愿意走就报警！"

"吓我啊？你还很喜欢胡编乱造的嘛！太差了！换一点有新意的吧！"杨一兆故意摇了摇头。

王子章一脸严肃地指着电梯："不好意思，我不是在跟你开玩笑。请问是要我们找人请你走，还是你自己走。电梯门会按吧？"

杨一兆沉默了一会儿，最后用力点了点头，大声喊："好，好，很好！"杨一兆边向电梯门后退，边对王子章伸出大拇指。

很快，他又猛地将大拇指向下一指。

门口的人再次骚动，王子章却面如止水："请走好。"

杨一兆按动了电梯按键，很遗憾，电梯并不配合他，没有马上打开，颇为尴尬的场面不得不多延续一会儿。

王子章依然满脸笑意，而杨一兆脸色就不太舒服了，他看了一眼电梯的数字，又看了一眼王子章，大概是觉得拿王子章没办法，转而看向我。

"王子章！我们还没完！"杨一兆指着王子章。

这次，电梯很配合他。待他话音刚落，电梯门就开了，他轻盈地走进电梯。

随着电梯门关上，轰的一下在场的人欢呼并鼓起掌来。一位主管适时地喊："好了！好了！别看了！快回去工作！"

王子章伸手搭住我的肩带着我往部门走去。"我们的事要赶紧提上日程了！"

等到下班时间，我们准备开始"尹素儿赠送计划"。

我把张伊达拉到角落，问他："你还记得王总来的那天晚上我们在 KTV 门口见到的美女吗？就是那个穿白衣服的美女，很漂亮的那个！"

"美女？"张伊达怔怔地看着我。

"你忘了？"我惊诧。

靠！！这货喝醉了还失忆！

"美女美女美女……"张伊达重复着这两个字，摸着脑袋冥思苦想。

"就是你说的那个女神啊！"

"啊！当然记得了！"张伊达眉开眼笑。

我松了一口气，不禁感叹哆啦A梦的思维方式实在独特，不是我们一般人能企及的。

"你还想她吗？"我先第一步试探。

"想是想，可是从那晚后就再也见不到她了。唉！"张伊达叹了一口气。

"那天晚上的事你什么都不记得了吗？"我担心他会怀疑尹素儿和王子章之间的关系。

张伊达摇摇头看着天花板遥想着。"我只记得跟她说了几句，就来了一个人把她带走……"说到这里，张伊达摇摇脑袋，皱着眉头说，"后面的事我就记不清了。"

"那你想见她不？"我悄声问。

"你认识她？"张伊达瞪大眼睛。

"你到底想不想见！"我再问。

"想啊！"

"那好，我们到外面找个地方谈！"

大都会银行附近的"第二时间咖啡厅"。

我和张伊达面对面坐下。

"这里可以了吧？快说！"张伊达迫不及待地问。

"先点吃的，我肚子快饿扁了。"我叫来服务员点晚餐。

张伊达没耐性，好不容易等我和他点好餐后，他便急不可耐地说："菜都点好了，现在可以了吧？"

"老大，你急什么呀！看你猴急的样子。"我无可奈何地笑了笑。

"能不急吗？她可是我的女神呀！"

"为什么觉得她是你的女神。"

"因为她很美。"张伊达陷入了自我陶醉之中。

"……就这么简单？"

"好了，别废话了！快告诉我你怎么认识她的！"

"想追吗？"

"当然！"

"可以介绍你们认识！"

"哇！唐泽你真够朋友！快介绍快约啊！"张伊达几乎脸都快贴到我鼻子上。

我推开他，"喂喂，看你激动的！我跟你说吧，我是认识的，但其实呢，不算是我认识，是王子章认识。"

"王总？"张伊达一脸诧异。

"她叫尹素儿，是王总的朋友。"

"啊？素儿？这名字很熟啊！"张伊达一下困惑起来。

我突然想起那个富二代杨一兆跟王子章互怼时张伊达也在。原本是说尹素儿是王子章的朋友，正好觉得两人都单身于是想撮合认识。但没想到被这个杨一兆坏了事。

"这个嘛，其实……"

"你说的是那个素儿？"

"好吧，是的，没错。"我寻思了下，编了个借口，"其实她是王总的好朋友，我之前发现是个大美女还想请来拍照呢，正好聊到单身的话题，这不就想到你了。至于杨一兆的事情，我也问了王总。大美女嘛，总是有很多男人在周围，有些有钱的公子哥就喜欢扒着不放，这位尹素儿周围关系好的男生自然会被认为是情敌了，其实没有你想的那样，这种公子哥为了面子什么都胡说。"

"那这样我感觉没戏了，跟富二代争妹子，我又不是王总那种。"张伊达一下子泄了气。

"谁说没戏了！对自己有点信心好不好。"我伸手过去拍了拍他的肩，"你要相信世间有真爱的！"其实我不太信。

"可人家开着几千万的豪车啊！"张伊达怯生生地说。

"你怕什么呀！看你这熊样。"我有点不耐烦，干脆直说，"也许人家就不喜欢富豪，就喜欢普通人呢？我当摄影师那么久，认识多少妹子，见得比你多了，什么妹子都有，什么性格什么爱好的都有。你呀，就别想太多！"

"哎！能不想太多吗？"张伊达依然很泄气。

我想了下说："你呀，就是缺自信。这次，王总亲自出马帮你！"

"什么？你说什么？"张伊达吃惊得合不上嘴。

"王子章他不但把尹素儿介绍你认识，还亲自出马帮你！"我再重复一遍。

"不会吧？"

"当然。"

"这么好，他为什么不留给自己？"

……

晚饭后我们各自散去。不过好歹，张伊达还是高兴地接受了我们的计划。他很乐观。虽然一开始还担心这担心那，说不了几句，他就已经进入满心期盼地跟尹素儿见面的兴奋之中了。

我独自一人回到国际金融大厦楼下停车场，拿出手机，拨通了王子章的电话。电话传来王子章疲惫的声音。

"王总，我跟他说好了，他也答应了。时间就定在你说的周日晚上。"我想我的汇报应该会让他精神一点。

"哦！好，谢谢！"王子章果然在电话里精神起来，语气还很兴奋。

"不，还要谢谢你，今天收到了定金，我工作室可以多维持几个月了。"

"哎！看你说的，客气什么。大家是朋友嘛！"王子章在钱方面的确很大方，相对于感情方面，其他的还是很不错的。

"王总，不管怎么说，都要谢谢你。"

今天周五，距离张伊达和尹素儿的见面还有四十八小时以上。

张伊达告诉我，他从早上上班开始，就一直在网上学习如何跟女生吃饭和约会。

午休时间我准备去工作室，微信就响个不停。

一看居然是绫濑结衣。她从离开海口后再也没联系过我。我打开微信，跳出绫濑结衣发来的信息："你好，唐泽。希望现在没有打扰你的工作吧？"

这段话是汉语。她现在已经可以很娴熟地用汉语跟我微信聊天了。

我回复："没有，不算太忙。"

"前几天谢谢你，希望有时间再去看你，可以吗？"绫濑结衣回复。

"可以，非常欢迎！"我高兴地回复道。我心里想，我还要请你做我模特呢！

这时张伊达的电话突然出现在屏幕上，电话一接起他就焦急地说："喂！是不是还要订好酒店房间？"

"……"我睁大眼睛瞪着他看。

"怎么了？"张伊达诧异。

"谁教你的？"

"微信群的朋友。"

"……"

"不对吗？"

"算了，你别再看了。还是让你们王总教你吧。"

"别，别。这，这不太好吧？让王总知道还不鄙视死我！"

"有什么不好的，你这是在乱来！"

正好，王子章打电话来让我午休时间过去一趟。到了金融大厦，张伊达早早在外面等着了，我们俩一起进了王子章办公室。

"你现在在研究怎么追尹素儿？"王子章在听了我的汇报后，很平静地问张伊达。

"看吧，我都说了！"张伊达有点害怕地向我小声嘀咕。

王子章放下手中的咖啡，从办公桌后面站起来，"怎么不早来问，今天才来。这时间不够啊！"

张伊达脸上顿时又惊又喜。我却一脸平静地说："王总，你可以挑重点的教嘛。"

"没问题，来。你们先坐。"王子章走到办公室里的沙发上坐下，指了指旁边的沙发椅。

"坐吧。"我拉着张伊达坐下。

张伊达正襟危坐，脸上紧张。我小声地对他说："喂，放松点。"

王子章温和地笑着说："张伊达，你放松点。在外面你可以当我们是上司和下属的关系，在这里你就当我是你朋友。没关系，想问什么尽管问。"

"那个……"张伊达突然结巴起来。

看他那样子，我实在看不下去。干脆我来替他说："王总，如何才能在最快的时间里追到尹素儿？"

王子章微微一笑："太着急了吧？"

"我说吧！"我赶紧对张伊达埋怨。

"喂，这不是我说的啊。"张伊达冤枉地看着我。

王子章突然站起来，拍拍桌子说："哎呀！没事的！女孩子嘛！追求不分快慢，只有用心不用心。"

"王总有什么好的套路教教我们?"我看了看张伊达。他也猛点头。

"我有一个很特别的办法。"王子章嘴角自信地扬起。

特别的办法?难道是大招?

我也伸长脖子屏息倾听。王子章语气深沉地说:"这一招是我珍藏多年,一般不授予他人。这次拿出来也希望张伊达你不要辜负我的一番好意!"

"是,是。"张伊达不断点头,感谢之情溢于言表。

"就是——"王子章故意拉长语气。

"就是?"我们也很配合地睁大眼睛。

"带她上酒店开房!"王子章说。

扑通,我从沙发上摔下来,咚,又撞到茶几。

"喔啊啊啊啊啊!"我痛叫地滚回沙发上。

张伊达和王子章两个人面无表情默默地坐在那儿看着我打滚。等我痛苦地抚摸着伤口在沙发上坐好,王子章一脸尴尬地干咳了几声问:"我们继续吧。"

"等一下!"我抬手阻止道,"你们不觉得这个方法太没技术含量了吗?"这就是所谓的特别办法?

两个人在比谁更逗比吗?

王子章竖起食指在鼻子前晃了晃:"错了,到酒店里开房很考验技术含量的!"

"对,对!"张伊达拼命点头。

"我不是这个意思!"我的声音有点大。

"那是什么意思?"王子章问。

"我说的是尹素儿没这么容易答应去酒店开房吧?"

"下药嘛!"王子章手指往下指了指。

"……这是犯法的吧?"我不敢相信他真敢这么做。

"喂,你太严肃了!大家都是熟人,没关系的。"王子章促狭地笑着。

"不是,我——"

"想搞定尹素儿听我的没错!"

"……"

张伊达像傻瓜一样在那乐呵呵地点头。他还不知道王子章是在把自己的情人送给他。

也许很多人会觉得这样做很肮脏很龌龊。不错,我也这么想。可是我却帮着他们这么干。理由正当,我们要拯救一个可怜的女人。

是拯救,还是毁灭?大概只有尹素儿自己知道。

周日夜晚来临,行驶的车辆纷纷闪着晃眼的车头灯光和红色尾灯,像一条条金色和红色的河流,流淌在城市的每个角落,分割着夜幕下的城市。

城市开始散发出新的活力。璀璨的霓虹灯光下,人们的周末夜生活迷离在灯红酒绿的世界里,宣泄着白天的烦恼,享受着夜晚的醉生梦死。

我和张伊达焦急不安地等在市中心转盘广场,广场边上的巨幅电视放着广告，里面的女明星熟悉又叫不上名字，只记得她甜美的笑容和玲珑的曲线。

"还没来吗？"张伊达拿出手机看了看时间。

"再等等吧。"我说。

知道今晚要喝酒，于是我没开车。王子章刚才打来电话，他去接尹素儿的路上碰上塞车。趁着张伊达没注意，我又问他是怎么跟尹素儿说今晚的饭局，还有张伊达的？

"我只告诉她，我有个好男人要介绍给她。比我还好的男人。"王子章在电话里这么说。

我疑惑地看着张伊达。他哪一点比王子章好？尹素儿会眼瞎吗？

第二次见到尹素儿，虽然她依旧那么漂亮，全身上下散发着让人难以抗拒的魅力，但是她给我的却是另一种感觉。她穿着一身很休闲的 T 恤牛仔裤，微卷的长发披散在肩上，画着一脸淡妆，见到我们热情地笑着。没有了那天纯白的高贵、轻盈的优雅，没有了妖精般勾魂的妩媚。

她现在就像一个过惯了平淡生活的美人，若无其事地来参加一次很平常的聚餐。她真的知道王子章的用意吗？知道坐在她对面的张伊达吗？在以后的日子里，张伊达很可能会成为替代王子章和她同床共枕的男人。

我们这顿晚饭，选在海湾夜景酒店顶楼的旋转餐厅。感谢今晚买单的王子章，我又可以在此处俯瞰夜晚的海湾，欣赏着华灯点缀的夜幕下的城市，细细品味着和夜空的弯月一样优美弧线的海湾。

一时间，如痴如醉，竟没听到服务生连问了我两次"先生，您要点什么菜吗？"。

"喂，你在想什么呢？"张伊达拉了我一下。

"对不起。"我回过神，连忙接过菜单，随意地点了一份，"就这个牛排套餐吧。"

服务生夹着菜单轻轻点了下头，踏着发亮的皮鞋，在波斯风的地毯上无声响地匆匆离开。

我一直感到好奇，又每每忘记询问：这里是一家欧陆风的西餐厅，为什么服务员都穿戴打扮略带波斯风。尤其是那个系在服务生腰间的暗红色波斯花纹腰带，常常吸引着贵妇们充满好奇的目光。

"这位是尹素儿。"王子章的开场介绍，把我重新拉回现实。

"这位是我朋友唐泽，这位是我部门的张伊达。"

王子章一一为我们给尹素儿做介绍。

"你好。"张伊达紧张地从嘴里吐着这两个字。

"你好！"尹素儿嫣然一笑。

张伊达的呼吸一下急促起来，好像这一笑已经带走了他的灵魂。

"喂，别紧张好不好？"趁着尹素儿跟王子章说话的空当，我悄悄拍了下张伊达悄声对他说道。

王子章在桌子下踢了我一下。王子章他正悄悄使眼色好像让我闭嘴。

张伊达伸手抹了抹没有汗水的大白脸憨憨地笑着。尹素儿微笑着没说话，王子章也在那儿笑着。

气氛有点尴尬。

"那个……李……"张伊达吞吞吐吐起来。

"尹素儿。"我小声地说。

"尹素儿小姐！"

"叫我素儿就好了。"尹素儿轻声说。

"丽，素儿！"张伊达用力地把这两个字说顺。

"嗯？"

"我叫张伊达！我在王总的部门工作！"

"你刚才说过了！"

"啊？哦对不起。"张伊达一脸窘迫地低下头。

"没关系。"尹素儿从桌子底下伸出手轻轻摆了摆。

我捂着脸别过一边悄悄叹息。

王子章笑了几声："素儿，张伊达他很喜欢你。你不知道吧？"他终于愿意站出来帮忙。

"啊！是吗？"尹素儿表情好像很惊讶似的。我猜不出她是故意的，还是有别的想法。

王子章继续说："还记得吗？你们见过的。"

我向王子章偷偷使眼色。他是在说我们见到尹素儿的那晚，不过我还是有点担心。虽然说不上理由，可是总觉得有些不妥当。张伊达一脸茫然无知地坐在那儿听着，我反而很羡慕他现在的心境。有些事情真的不知道，比装着不知道要好。

"见过？什么时候？"尹素儿问。

"上次你喝醉了来 KTV 找我那次，你们在门口见过。"王子章毫无顾忌地说出来。

"哦！好像有点印象。"尹素儿淡淡地一笑，转而又问张伊达，"为什么会喜欢我呢？"

"我，那个……"张伊达又结巴起来。

见他这副模样我有点着急，又不能替他说。我只好踩他的脚又干咳几声。可这家伙十分不配合地问我："你踩我干吗？"

尹素儿扑哧一笑，捂着嘴乐了。

张伊达摸着后脑勺憨憨地笑。王子章很满意地朝我使了个眼神好像要告诉我一句："明白了吧？"

难道这就是张伊达比王子章优秀的地方吗？

憨厚老实？

张伊达虽然不见得好到哪里去，人也好色，不过他很老实又安分，倒是真的。这样子的男人适合尹素儿吗？

服务生端着餐前汤上桌了，尹素儿很优雅地拿起勺子尝了一口，很享受地说："嗯！好喝！"

一刹那间我产生了错觉。

我好像看见绫濑结衣坐在我对面对我笑着。

"想喝吗？"她问。

"我……"

我再看是尹素儿，不是绫濑结衣。我看错了。

我是怎么了？为什么会想起她？

我站起身："我去洗手间。"进了洗手间洗把脸，让自己清醒一下。

为什么会想起她？因为尹素儿的那一番温柔的动作很像绫濑结衣吗？

洗手间的门开了。

王子章走进来拍了拍我的肩："你今晚没事吧？看你老是在想东想西的。"

"没什么。"我用湿润的手抹了下脸。

"等下记得配合，把这个……"王子章走近我身前偷偷地露出掌心的五片药丸。

"这么多？"我惊诧。尹素儿一个亭亭玉立的大美女用不着那么大的药量吧？

"注意看颜色！"王子章压低声音，指着药丸。

"两种颜色。"

"这两粒是给尹素儿的，另外三粒是给张伊达的。"王子章数着掌心的药丸不时往身后瞧瞧。我也害怕地往门口方向瞧着，生怕突然冒出一个人来。

"为什么给张伊达那么多？"我很认真地问。

"废话，尹素儿这样的大美人，张伊达他顶得住吗？"王子章说得似乎很有道理。

"王总你确定这样不犯法吗？要是惹出事情怎么办？还是多喝点酒比较好吧？"我看着这些药丸感觉要完。

"喝酒他喝不过尹素儿，所以用点大招。而且，不碍事，素儿吃的这种药没副作用，就是会让人昏昏欲睡。我以前给她吃过，只要把人安全送到家就行。张伊达的是另一种药，让他饥渴无比。"王子章拍拍我的肩膀，自信地在那儿笑。

"还是算了吧？"

"是你有经验还是我有经验？"

"你有。"

"那就对了嘛！拿好张伊达那份。"王子章把药丸塞到我手里。

"怎么放？"我把药丸小心地塞进口袋里，然后又拿出来递给王子章，"算了还是你来吧。"

"真是胆小啊你！"

"这不是胆小的问题啊！"

"算了算了，我来吧。"

"你准备怎么做？"

"我已经想好了，你到时看着就行了。"

"真的没问题吗？"

"好了，就听我的没错。不会有事的，放心吧！"

"可是——"

话到一半洗手间的门开了，走进来一位服务生。王子章干咳一声，丢下一句："记得哦！"就出去了。

回到餐桌前，张伊达和尹素儿已经开始轻松地聊天，见我们回来，尹素儿笑盈盈地对王子章说："我们刚聊到你跟那个富二代抢女朋友的事。"

我被吓了一跳。主角王子章倒是镇静，他坐下来笑了下："一个神经病，不用理会。"

我瞥了一眼张伊达，他正眼睛眯成一条缝在那里笑，两眼离不开尹素儿的脸。这混蛋为了讨好女人，什么话都说，连自己的领导被坑进去都不知道！

尹素儿似乎没有放过王子章的意思："你居然这么帅！怎么没跟我说呢？"

"这种小事就不用说了。"王子章随意地笑了笑。

"你就不怕那个开帕加尼的富二代再找上门报复？"尹素儿的语气里明显话中带话，像是一种轻度挑逗。

"这种人满大街都是，有点臭钱就天不怕地不怕，不用理会。"王子章说着夹起一块肉吃起来。

"勇气可嘉。"尹素儿暖心一笑。

这两人的状态，知道内情的我，怎么看都不觉得是藕断丝连，完全还勾搭在一块嘛！可怜的张伊达，还蒙在鼓里。

尹素儿这种有点带勾引的微笑朝王子章射来，但王子章装作没看见，径直把视线挪到窗外，一副若无其事的样子。

他心里大概正五味杂陈吧？

聊了一会儿，尹素儿说要去洗手间。王子章点了下头等着尹素儿走远。

王子章立即拿出车钥匙递给张伊达："我买了花束忘在车上，你下楼去拿上来，就说是你买来送给她的。"

"谢谢！王总，你人真好！"张伊达感恩涕零，然后拿着车钥匙一路小跑奔向电梯。

就在这感人的瞬间，王子章就在我的眼皮子底下，给尹素儿喝空的酒杯倒上酒，然后拿出药丸分别投进尹素儿和张伊达的酒杯里。

王子章拿起尹素儿的酒杯轻轻摇了摇，又把手指伸进张伊达的酒杯拌了拌。放个药他居然还对两个人区别对待，大概是因为某种奇妙的心理吧。

尹素儿很快就回来了，我们也装着没事似的闲聊着，她问起张伊达去哪儿了，王子章神秘一笑："等下你就知道了。"

"唐泽，你怎么脸色那么难看呀？不舒服吗？"尹素儿注意到我不安的神色。

"没，没什么。"我摇摇头。

"你在冒汗呢，很热吗？"

"上火，上火。吃牛排……上火！"

"那让服务员给你要杯凉茶吧，不然第二天喉咙痛了。"

"不用了，我多喝水就没事。"

"来，吃我这个水果沙拉，多吃点水果很好的。"尹素儿把水果沙拉的盘子递过来。

"谢谢。"我接过盘子，就埋头吃起来。

王子章焦虑地看着我，他开始担心我会坏了他的大事。我是不是该趁现在逃跑？正当犹豫间隙，电话响了。

是王子章的电话，"喂，你好，请问哪位？"

然后脸色大变。他连忙站起身，随手还拍了我一下，暗示我跟他一起过去。

王子章边接电话边走到楼道里，我跟在后面听到他说了句："杨一兆？"

听到这三个字，我有点耳熟，好像在哪儿听过。噢！对了，是今天那个富二代。

"有什么事吗？"王子章一脸不悦，"什么！？"

我等王子章放下电话后问："有事吗？"

"那傻瓜现在到酒店附近了。他一定是跟踪了素儿。"王子章紧皱眉头道。

"现在可是关键时刻啊！"

"没关系，剩下的就交给张伊达，我们先去对付那个富二代。走！"王子章就拉我走。

"王总，可是……不跟尹素儿说声吗？"

话音刚落，在外面就碰到走过来的尹素儿。

"素儿，公司临时有事，我要回去一趟，我要唐泽帮我回去拿点东西。等下张伊达上来陪你，我们一会儿就回来。"

跟尹素儿交代完后，我们就往电梯走去，离开前王子章还不忘去买了单。

我站在电梯门口等到王子章买完单过来，小声问他："张伊达怎么办？他一个人能搞定吗？"

"我们待在这里给他压力太大了，我们就是要离开，这样才能让张伊达自由发挥，他们才能进入下一步。"王子章上扬的嘴角充满阴谋的味道。

"什么意思？"我突然一头雾水。

"楼下酒店客房我已经开好了。"王子章捏起手上的房卡。

"房卡在你手上，那张伊达怎么——"

叮，正巧电梯门开了，张伊达从电梯门走出来，见我们两人站在门口，他愣了一下，问："你们走了？"

"唐泽有点事要先走，我去送他。"王子章走近张伊达，把房卡塞到他手里，"素儿喝酒有点醉了，你等下送她到客房里休息一下。单我已经全买了。"

"啊？这个……"张伊达有点慌起来。

电梯门又要关上，我连忙按住按钮，王子章拍了拍张伊达的肩膀，眨了眨眼，说："加油哦！"说完便径直走进电梯。

"加油！"我留下这句话，也匆匆跟着进了电梯。

"喂……"张伊达转过身，又想说什么。

但是，电梯门已经慢慢关上。

"张伊达会不会到一半就跑了？"在王子章的车上我还是有些担忧。

"要知道，在气氛暧昧的夜晚再来上几粒药和酒精，任何人都抵挡不住，包括我。"王子章边开车边悠悠地说。

"就这么肯定？刚才张伊达正好在电梯门口碰到我们，是你算好的，还是巧合？"

"当然是算好了的！别忘了，我们做这一行的，最擅长的就是预测、估算和分析。这种事一切尽在掌控！"

"爱情可不像货币的数字那样，可以预测啊。"我说这句话的时候很小声。

"也许吧。"王子章淡淡地说着。也许他自己都不清楚。

"王总，你觉得这样做对吗？"

"你说下药吗？"

"为什么非要这么做呢？张伊达一定要开房才能拿下尹素儿吗？"

"正因为她是尹素儿才要这么做，懂吗？"王子章只顾笑着。我陪着他随意地笑了笑。

我隐隐有一种不祥的预感。

王子章跟杨一兆约了个附近的地方。车子出了酒店停车场后，就进入湾区北路。

夜晚的车流在我们眼前亮着红色的尾灯，柔和得像夜晚城市霓虹灯的色调，静静地随着时间流逝，在马路上流动着。而另一侧迎面开来的车头灯却耀眼许多，才惊觉那只是不快也不慢，在城市的马路上行驶的车流。

我们很快就到了目的地，王子章把车停靠在路边，拿出手机拨通了刚才打来的电话。

"他在观海台停车场。"王子章放下电话。

我朝车窗外看了看，观海台就是我眼前靠海的广场。

观海台一边是静谧的大海，一边是高楼大厦和喧嚣的街道。每到夜晚，许多情侣或一家人都会来到这散步聊天，悠闲地吹着海风，伴着涛声的节奏。

我们推门下车。

那辆帕加尼远远停在一个路灯下，一个人影站在那儿。我们走上前，又见到了那个杨一兆。

"怎么说？"王子章扬着下巴走到对方跟前。

"那天的事是我太激动了，我向你道歉！"杨一兆所谓的道歉一点诚意都没有，那种咬牙切齿充满屈辱感的样子，好像做错事的一方是王子章。

"杨总，天下女人多得是，你也不缺女人，何必呢？"王子章递上烟。

杨一兆推掉烟，"我不抽烟，谢谢。王子章王总，既然你这么说，我觉得这话也可以用到你身上。你老婆孩子都有了，何必要耽误人家？"

"那是我跟她的事。"

"那也是我跟她的事。"同样的话杨一兆又丢了回来。

我觉得他们这么聊迟早要打起来，于是站出来说："大家能不能缓和一下，不要那么激动吧？"

王子章深吸一口气到一边吸烟去了，杨一兆低着头回到车边靠车坐着默不作声。就这么安静了一会儿，杨一兆突然站起身往王子章走去。

"王总，你知道尹素儿为了你，都怎么样了吗？"

"我当然知道。"在烟雾里的王子章回头道。

"为了她好，你就放过她吧。"

如果让杨一兆知道我们正在进行的计划，不知他会做何感想。

"你要追就追吧。"王子章丢掉烟头，走过杨一兆，"像个正常人一样，别那么疯癫。"

"喂，你说什么？"杨一兆在身后不满地问道。

我跟上王子章的时候也对他说了一句："就是别那么冲动，慢慢来。"

然后，就将杨一兆留在海风和路灯下，我们上车离开。

回去的路上王子章一言不发，最后才来了一句："不知道张伊达顺利吗。"

我发了微信问了下，没回，打电话又犹豫，最后还是放下电话。还是由他去吧。

那晚过去后一周，我因为临时有别的工作没去王子章他们公司，自然也见不到张伊达。那天发的微信也没回。想着是不是被拒绝了，这时候问也太残忍了点，于是把事情先放了下来。

临时工作让我赚了几千块钱，终于存够钱买了一个新镜头，佳能原厂的 85 毫米 1.4 光圈镜头，取代了之前买的适马副厂镜头，装上后顿时感觉世界不一样了，真是一分钱一分货。

这个镜头一般用来拍人像，摄影师一旦入手一个新的人像镜头，第一件事自然是找个好模特来试镜头了。

这是最头疼的事情，如果在上海，或许能解决。

但我刚回到海口没多久，生意没铺开多少，人也没认识几个，去哪里找模特？如果花钱找，除了要费工夫选人外，价格也不便宜，尤其是试镜头这种事，对我这种比较"节俭"的人来说，能省则省是头号选项。

只能找身边认识的美女了，如果赵佳佳和绫濑结衣在就好了……

何芮？

何芮是不错。

我要找她？

看着装好镜头的相机放在那儿，莫名的一种诱惑力让我在理智和面子之间来回交战。

最终，我拿起了手机，给何芮发去微信。然后放下手机，在工作室的桌子边安静地等待。

一上午过去，老旧的木制桌子上的手机安静了一上午，除了一个朋友发微信问我在海口过得怎样外，就再没什么消息。

她是不是在上班？飞机飞的时候没开机？

我抱着双手继续盯着手机。到了中午肚子咕咕叫才将我从瞌睡中敲醒，跑到楼下的面汤店点了碗汤吃饱后继续上来等。

一直到下午，还是没回信息。

我再发了两条。

还是没回。

"她应该在上班，可能现在在某个城市的上空。"我自言自语地安慰自己。

已经有一阵子没联系她了，她应该消气了呢。

但女人的心可是海底针。谁知道她会不会记仇，但微信也没拉黑我。

或许，是不是就不想理我？

唉，真麻烦。难道要去她家等她？

"不，她应该在上班，没看到才对。"我继续这么自我安慰道。

一直到晚上七点。

工作室漆黑一片，我开了灯后才听到微信的声音，急忙跑回桌前拿起一看。

"睡到现在才醒。"我倒，原来是睡过头了。

不过，还好不是我担心的那种情况。

"能找你帮个忙吗？"我发去语音。

"什么事？"她回语音，声音软软绵绵没睡醒的样子。

"做我模特，我新买了镜头，要试机。"

"睡醒再说。"

"什么？"

她还要继续睡？这都几点了。

我收拾了下工作室，来到楼下。这时何芮打来电话。

"喂，刚才半睡半醒的没听明白你说什么。"

"我是说我刚买了新的镜头，想请你做模特。"

"多少钱？"

"多少钱？我们还要讲钱吗？"

"当然了。"

"那你要多少？"

"很贵哦！"

"现在经济紧张啊！一顿饭可以吗？"

"当然可以。"

"我来选在哪里吃，就这么说定了。"

希望她不要宰我太狠。

何芮连飞了几天，凌晨才落地，回到家已经四五点了，倒头就睡，一觉到晚上，睡了一整个白天。

我们约了第二天拍照。但她第二天早上却发信息给我，她刚准备上床睡觉，中午叫她。这个时差倒得让我难以置信，眼看要被爽约，到了中午何芮联系了我。

到了拍摄地，她穿着一件牛仔短裤，露着白皙的大长腿，一件橙黄色背心，夏日气息十足。

她将长发扎了个中高马尾，红色的发带在天台上随风飘荡。

"为什么选天台呀？"何芮双手支在眉间，"这么大太阳。"

"现在是三点半，过一小时太阳就不那么烈了！"我边调校设备边说道。

"啊！那你怎么不等一小时后再拍呢！都要晒黑了！"何芮嘟起小嘴，跑到旁边天台入口阴凉处，拿起一件衬衫披在身上。

"现在光线好。你看，天空那么蓝，云也不多，拍出的照片绝对好看！"

"好看个屁啊，我都晒黑了还好看！"何芮气鼓鼓地说道。

"你现在那么白，怎么会黑。"

"按你要求在那里拍一下午，我肯定黑了！"

"那等一小时再拍吧。"我看着湛蓝的天空，远处淡淡的云迹，一眼望去明亮的城市线错落有致。

这么好的构图和美景，拍不了。那种懊恼和郁闷相当于让一个吃货面对一堆美味食物而不让下口。

我们等了一小时，到了四点，阳光不那么烈的时候，何芮在我一番劝说之下，才不情愿地放下手机。

我指了指一处天台的角落，让她靠坐在那儿。何芮走过去。

慵懒地往那儿一坐，一只长腿一伸，两手轻放在腿间，两肩放松，头微微一抬，眼神迷离地看过来。

这姿势和表情完全到位，剩下的就是摄影师按动快门了。我立即拿起相机，对着她按下快门。随即，何芮轻微地换了个姿势，我按快门拍下她第二个姿势。快门声落下之时，她又动了下，侧了一下脸，两手姿势也微调一下，就在她摆好后半秒，我再次按下快门。就这样，每当我按完快门，她立即换动作换姿势，非常有节奏地跟着我的快门走，几十张下来没有一张废片。

"何芮，你不当模特真是太可惜了。"我放下相机说道。

"当模特干吗，无聊。"何芮撇了下嘴，将一条长腿横在另一条长腿上，单手支着下巴道，"还是当空姐有意思，可以去许多地方。"

"当模特也可以世界各地走呀。"我立即按下快门。

"那是极少数，不是不少。大多数都很惨。"何芮又换了个姿势。

这次我没按快门，而是停下说道："但我觉得你不是那大多数，而是那极少数。"

"极少数的那些最差的吗？"何芮又撇了下嘴，两手撑在两边，身子微微往后靠，两腿不同程度弯曲，表情恰到好处。

这次我立即按快门，"极少数最好的。"

"你拍马屁也是最好的。"何芮又换了姿势，两手撑在膝盖上，朝我开心一笑。

我不知道这开心是摆出来的，还是发自内心的。我当然是让相机快门笑纳她的微笑。

她笑起来很好看又非常上镜。

一直拍到六点，我们进入拍摄期第二次休息。何芮站在那儿玩手机，而我低头处理张伊达的微信。

"这几天太幸福了。"张伊达发来微信说。

"在哪儿幸福？不上班？"我语带双关地问。

"王总批了假，我这几天都陪她逛街吃吃喝喝。"

"破产没？"

"还没有，她也没多奢侈。没买什么东西。"

张伊达这么说大概不知道尹素儿的钱都是王子章给的，该买的早买了，不在乎这几天宰张伊达这个傻瓜。

这时候何芮喊了我一声，抬头一看，她指着天空中即将落下的夕阳说："哇，你看，火烧云真好看。"

一整片天空被橙红色笼罩着，飘浮不定的云层被烧得通红，红色、橙色、深粉色，层层叠叠，夕阳反而像一颗黯淡的小红球，找了半天才找到。

何芮拿着手机拍个不停，我拿起相机，对准何芮，喊了声："何芮!"

她回过头，一瞬间，微风吹起她额头和鬓间的发丝，我按下快门。她哼了口气，微微一笑，放下手机，侧过身子，仰起头深呼吸。

这一画面，我毫不浪费，迅速按下快门。

快门声落下，她低下头，快门声响起，她轻轻一转身，又是一声快门……

直到太阳消失在地平线下，天空的橙红被灰黑取代，城市被五颜六色耀眼灯火照亮，我们才停止拍照。

何芮长舒一口气："终于结束了。"

我心满意足地收着设备，问道："你上次拍照是什么时候?"

"好久，都忘记了。"何芮挠了下头发。

"你是天生的模特。"我说。

"喂，问你。你觉得绫濑结衣怎么样?"何芮突然问道。

女人在你面前问另外一个女人，一般情况会很复杂，尤其是何芮这种摸不清情况的女人。

我反问："你说是哪方面。"

何芮被我的防御给挡了一下，她眼睛往旁边看了看，又说："拍照方面。"

"我没像今天这样给她拍过。"

"那以你的直觉呢？"

"还好吧。"我模糊地带过。如果要拿绫濑结衣跟何芮比较，我还真不好说。

当然，我的确没有正式地给绫濑结衣拍过，所以，两人暂时无法比较。

得不到满意答复的何芮脸上不只是失望，还有点小生气。为了安抚她，我说："好了，拍完了，肚子也饿了，咱们去吃饭吧！"

何芮眯了下眼，"吃什么饭？吃大餐！"

好吧，大餐。

"吃！吃大餐！"虽然表面上斩钉截铁，但内心是一百个不愿意。

当晚，何芮痛宰了我一顿海鲜大餐。

过了两天，张伊达终于因为公事来找我了。时间是周一早上，我走进他们金融部的大门，迫不及待走向张伊达的办公桌。除了开工可以赚钱外，我也想当面听听张伊达的心得感受。

可惜他的座位空空如也，让我的希望暂时落空。看了下表，离正式上班时间还早。

张伊达给我发了信息："昨晚跟素儿约会，有点晚，抱歉，请等等。"

我能理解昨晚约会耗尽体力后是需要好好休息的。就算他迟到一个上午也没关系，王子章一定会很乐意批了他的请假条。

可是过了上班时间一小时，张伊达还是没来，也没见王子章。

我试着拨打张伊达的手机，居然关机。我又拨王子章的手机，也关机！

这两人怎么回事？我抬头往王子章办公室方向望了望，他的秘书冯丽早就婀娜地坐在那儿了。

这时候办公室忽然骚动起来。

办公室的骚动越来越大，电话开始响个不停。

还没等我弄清楚状况，一个主管模样的人走了过来，指着张伊达座位旁边的人喊："陈源！你搞什么？三分钟之内把过去六小时的数据报告交上来！"

"什么数据报告？"

"日元大跌了啊！你没看新闻吗？！"主管歇斯底里地朝这个叫陈源的喊。

现在没人在乎他的发狂，整个部门已经乱成一锅粥。

陈源急忙坐下，仔细盯着电脑。我跟着往屏幕上看了几秒，终于明白发生什么事——日元对美元大跌，而且下跌幅度非常大。

"王总呢？怎么还没联系上王总？"主管们气急败坏地拿着手机围住可怜的冯丽。

"我再打电话试试。"冯丽唯一能做的就是拿起桌上的电话，拨打那个一直关机的号码。

冯丽还没拨完号码，大门处几个头头模样的人就踢门冲进来咆哮道："你们金融部干什么吃的！跌成这样事先一点消息都没有。还要总行通知我们才知道！你们是故意的吗？王子章，叫他出来！别以为关机就可以逃掉！"

"王总他没来公司……"一个比较勇敢的主管回答。

"那叫你们其他管事的出来！"

"这个……"没人再敢说话。

整个十一楼不忙的人都在观看发生在门口的这一幕。我作为一位外来者，与在场大多数人紧张的心情不同，我完全是事不关己的吃瓜心态在旁看着，大家也没注意到我。

一位头头不知道是不是偏着王子章这边，在旁说道："金融部只有一个经理，就是王子章。副经理暂时空缺还未到任，能管事的高级主管七个里有三个在放年假，一个病假，一个产假，一个结婚放婚假，另外一个被堵车在路上。剩下在部门里上班的，都是中下级别的小组主管。他们能干的就是监视职员们有没有按时上下班，拍上司马屁，躲在角落煲电话粥。"

话音刚落，不少人面露尴尬。

"所以说这个部门该好好整顿了！"最大头头模样的人大发雷霆道，"你们就这副工作态度？好！好！你们等着！"十二楼的头头们甩下这句狠话扭头就走。

这句狠话当场让不少人都刷白了脸。没过多久，王子章一脸疲倦地出现了。他听了冯丽的汇报，一脸轻快地站在办公区中间，环顾四周近百名职员，大声说："没事的，大家放心！有我在！"

话音刚落，整个办公楼层里回荡着雷鸣般的掌声和震耳的欢呼。等周围人不注意的时候，我悄悄溜进王子章办公室。

"张伊达一个上午到现在都没来，打电话也关机。他们会不会是玩过头了？"

王子章脸上一愣，懵懂地反问："你说什么？张伊达没来？"

"对啊，打电话也关机。"我觉得王子章的反应有点奇怪。

王子章叹了一口气："尹素儿那晚很早就走了。"

"什么？走了？"我一脸震惊。

"在我们离开没多久，她就一个人回去了。我也是打电话给她的时候才知道。"

"她为什么走？"

"不清楚，说了几句就挂了。"

"那张伊达呢？"

"我怎么会知道？"王子章茫然地摇着头，"其实我好几天不见他了，昨天还说好今天来上班，我还想今天跟他好好谈谈。"

"那他去哪儿了？又不来上班，会不会出了什么事？"我说。

王子章见我眉头紧锁的样子，便微笑着安慰我："等下再打个电话吧，也许他有别的什么事耽搁了。"

"那我这边业务上的事，该找谁？"

"直接跟我对接吧。"

于是，我们从男女私情切换到业务探讨模式。我这次要给他们金融部门拍几组宣传照。对他们这种日入斗金的部门来说，我这点业务实在是海滩上的沙粒。但王子章还是非常认真，不但仔细听我介绍拍摄计划，还提出自己的想法。

就这样一上午过去了，中午还跟我吃了个午饭。

饭桌上聊了一会儿后我发现他好像并不在意尹素儿的突然离去，反而很高兴事情的进展。药都下了房都开好了，什么都计划好了，女主角却突然跑了，男主角到现在都联系不上。这叫进展顺利？

实在搞不明白王子章的思考方式：千方百计帮属下追自己的情人，理由是因为太爱自己的情人。

最后我忍不住问现在的情况和进展，想不到王子章很满意地看着我："看来不久会有好消息。"

可是我怎么有一种大家都病入膏肓的感觉。

午饭结束后，已经是两点多，我的手机响了，一看是张伊达。

"喂！你跑哪儿去了！"我一接电话便急着问。

"老大，先别说了，快来接我。"电话里传来张伊达有气无力的声音。

"你在哪儿？"

"西港码头！"

"你没事跑码头干吗？"

他不会是受尹素儿的刺激想跑船当水手吧？张伊达在电话里神秘兮兮地笑了笑："你来了再告诉你，先给你透露下，这事关我的终身幸福！"

我立即联系王子章："王总，张伊达联系上了，他在西港码头。"

"他去那儿干吗？"王子章问。

"没说，他刚让我去接他，不过他有提到什么终身幸福。"我试着回忆刚才听到的话。

"走!"王子章一听到后面四个字,二话不说就打断我。"我去开车,楼下等我。"

"你也去?"

"当然了!开我的车快点儿!"

王子章和我一样,都对张伊达的那句"终身幸福"充满了好奇。

傍晚夕阳渐下。高楼大厦拉长着倒影,将马路分割成一块块,车流在路面上的倒影也跟着时有时无。阳光擦着大楼边沿,洒落在车窗上,我半眯着眼睛,感受着懒散的暖意。

我们渐渐接近海边,打开车窗,已经可以闻到带着阳光余温的海水的味道。

"他在哪儿?"王子章把车开进码头。

一艘大船停靠在码头边,旅客正沿着舷梯往下走。一声汽笛的长啸,划破黯淡的苍穹。

"在那儿!"我指着不远处一个熟悉的身影。

"他旁边拿的是什么?"王子章皱起眉头。

张伊达穿着几天前的衣服,傻傻地站在码头边,他旁边立着一块像公交车站牌似的东西。

不对,那就是公交车站牌。

王子章把车开近他,按了下喇叭。张伊达看见我们,眼睛眯成一条直线。我走下车,指着站牌问:"这是什么?"

"公交车站牌呀!"

"我知道！你为什么拿着这东西？"

"尹素儿想要。"

"她想要？"我难以置信地看着张伊达，又回头看着刚下车的王子章。

"是呀，她说如果我是真心喜欢她，就把广州 39 路公交车终点站的车站牌带给她。"

"……"我愣住了。

"你去了广州？"王子章问。

"搭昨晚最后一班飞广州的飞机去的，偷这个站牌容易，就是运出来有点麻烦。"张伊达憨憨地笑了。

"你真是笨蛋！"我骂了一句。

我不明白他为什么会那么傻，明明尹素儿就是在拒绝他，可是他居然当真跑到广州偷一个车站站牌！

而且，这个站牌可是有他半个人高的老式站牌，很厚重，光是一个人扛就很困难。

"没关系了，也不花什么钱。她那么想要，也许这个站牌对她有什么特别的意义。"张伊达挠了挠耳朵，笑了笑。

王子章一言不发地走到站牌前，抚摸着站牌粗糙的表面，出神地看着。

"王总？"我叫了声。

"张伊达。"王子章回过头看着张伊达，暖暖一笑，"累了吧，走，我们去吃饭。"

"我早饿坏了。王总你请客吗？"张伊达厚起脸皮问。

"当然了，想吃什么随便说。"王子章又摸了摸站牌。

我注意到王子章对站牌有种莫名的感觉，难道尹素儿也对他提过相同的要求吗？

回到市区，王子章把我们带到一家很高档的西餐厅。

在靠窗的位置坐下后，趁着张伊达去厕所的间隙，我问王子章："那个站牌你也认识？"

他点点头，把烟掐灭，看着窗外的夜空，幽幽地说："39路车终点站，就是她的大学母校，广东金融学院。"

"拆她大学母校的站牌？这里面有什么特别的含义吗？"我想不明白于是问王子章。

王子章出神地看着窗外："我记得她说过，在大学时候有个男生经常追她，每到周末，就等在那个站牌下面。就是为了能跟她同车，多一点跟她讲话的机会。也许，这就是站牌的意义吧……"

"她和那个男生还有联系吗？"我问。

"听说出国了，还在那边认识了一个华侨的女儿，准备今年结婚。其他的，就不知道了。"

我不清楚王子章口中的不知道，是尹素儿的，还是他的。

几句话之间，就已弥漫着一股淡淡的悲伤。

"素儿她……"王子章顿了顿，把视线收回桌面，"她不太愿意跟大学的同学和朋友联系，但是，她却总喜欢一个人坐在那儿，回忆大学时的事，傻傻地笑着。"说着，王子章也笑了。

"他喜欢过那个男生吗？"我问。

"不知道，也许吧……"王子章摇了摇头，连他自己都不清楚。

"你们在聊什么？"张伊达从洗手间回来，打断了我们的谈话。

"唐泽你们两个点菜吧，尽量点啊，别客气。"王子章随和地笑了笑，把惆怅从脸上悄悄抹去。

张伊达脸上很高兴，乐呵呵地说："那我们就不客气啦！谢谢你，王总，又是介绍女孩子给我，又请客吃饭。下个月发工资，我回请你吃大餐！"

"不用了，你能追到尹素儿，是对我最大的回报。"王子章很认真地说。

"一定！"张伊达拍拍胸脯。

我不知道他的信心从哪里来，是因为那块有点生锈的公交车站牌？

吃过饭，我们一起来到尹素儿住的小区楼下。

"小心点！"张伊达嚷着。

我和他一起把站牌从王子章车上抬下，送上楼。

"你们上去吧，我在楼下等你们。"王子章在车边喊。

他是不好意思吗，还是另有打算？

我们到了尹素儿的门前，张伊达按响了门铃。

响了一会儿，门开了，尹素儿穿着一件宽松的衬衫站在门口，她看到我们，微微攀眉。

"有什么事吗？"

"当当当当！"张伊达笑嘻嘻地双手亮出靠在墙上的 39 路车公交站牌。

尹素儿愣住了。

我闪到一边尽量给这对男女一点空间。

"这个应该没错吧？"

张伊达发现尹素儿傻呆呆地站在那儿，有点慌。

尹素儿嘴唇轻抿，眼眸里划过一丝悲伤。她缓缓退入屋里，把门关上。

我们俩被留在门外。

"什么状况？"张伊达懵懂地站在原地挠着头发。

看见张伊达的可怜样子，我心中不忍。于是朝门大喊："尹素儿！张伊达为了你这种过分要求，连夜坐飞机去广州去偷车站牌，又千辛万苦地从海上运回来！你连声谢谢都不说吗？"

我又捶了一下门。

"喂！好了！不要这样！"张伊达拉住我的手，把我向后推，"唐泽，你别激动。是我心甘情愿的好不好！"

"可是她这个态度……"我指着门。

"我来说，好吗？"张伊达推了下我。

张伊达站到尹素儿门前："对不起，我朋友不是有意的。那个……站牌，我先放着。如果你不想要，我明天再过来拿。"

说完，他逃也似的离开了。

在电梯里我问："你何必要这样呢？"

他小声说："这就是爱情。"

这话把我噎住了，我不知道该怎么接话，默默地看着张伊达自我陶醉在幸福中。

张伊达的爱情是执着的。他带来的那块老式站牌，上面沾满了岁月的痕迹，带着尹素儿魂牵梦萦的回忆。她和王子章一样，活在自己的矛盾中，不能自拔。

也许王子章是对的，张伊达可以把尹素儿救出来。为了救自己爱的人，而不得不忍受自己爱的人成为别人的人。

谁来救王子章呢？

我和张伊达下了楼，王子章正一个人在抽烟，望着楼上尹素儿房间的窗户。

"怎样？她接受了吗？"王子章踩灭烟头。

"能接受什么呀，人家连门都不让进，连句话都说不上。"我替张伊达抱怨。

"可能她害羞吧？"张伊达笑着说。

"等一等吧，可能明天她会给你电话。"王子章拉开车门。

"真的吗？"张伊达急切地问。

"可能！"王子章故作神秘地笑了笑。

黑夜在睡梦中不知不觉结束。拂晓的光，划破灰暗的苍穹。又是新的一天。

张伊达没有等到尹素儿的电话，他也没去收回站牌。他一大早就给我发来信息问我在哪儿，我没有回家而是在工作室睡觉。

"你在哪儿？"我问他。

"我在大厦门口。"

他一整晚就坐在国际金融大厦的门前，电话里传来开关门的声音，应该是保安在换班，做卫生的阿姨准备上班。

"好好睡一觉吧，等起来后再给她打个电话。"我揉了下依然惺忪的睡眼。

"打过了。昨晚。"张伊达说。

"怎样？"

"没怎样，她说她在睡觉，就挂了。"

"我感觉还是有机会的，你做的事，任何女孩都会感动。"如果在大学时代说这话我信，现在的我不太信任何女孩都会感动，也许一瞬间会有吧。

的确，我隐约感觉是没戏了。

不过，我的预感还是错了。到了下午，张伊达突然发来语音信息，欢呼几乎要将手机震碎。然后他迫不及待地给我打电话，我听到后面有人在咆哮："张伊达，你在干什么！我要的分析报告你做完了吗？"

"对不起，正在做，马上就好。"张伊达连声道歉。

我问："喂！什么事啊，叫成这样。"

"她给我电话了！"张伊达压低的声音按捺不住激动。

"谁给你电话？"

"尹素儿！她请我晚上吃饭！"

"真的？"

"不信我发你看截图啊！"张伊达说。

"好，好。我信。你不跟王总汇报一下？"我问。

"我现在去。"张伊达挂断电话。

我突然很后悔，叫住他，想告诉他尹素儿和王子章的真正关系。可是再想起昨天张伊达为了尹素儿做的事，他的痴情和认真，我不忍心破坏。

就这样吧。我是好心，还是在害他呢？我不敢想。

到了下午，我完成了一天的修图工作准备回家吃饭，突然想起张伊达，于是发了条微信："慢慢来，别急。"

不一会儿，张伊达回复微信："我决定今晚就跟她表白，让她做我女朋友。"

还好我还没走到楼梯口，不然真会为这条短信从楼上滚下来。我打电话给王子章。

王子章听过后在电话里笑了："张伊达比我还厉害。今晚应该就能搞定吧。"

那天晚上给尹素儿下药的时候，你不也是这么说的吗？结果呢？

我叹了口气，抬头看着天际的晚霞，灿烂壮美。

希望他好运。

5

也不知道为什么，今天的事情非常多。回到家想休息一下，除了应付何芮从国外发来的几条"骚扰"信息外，我连续接到几个陌生的跨国电话。

对方在电话那头叽叽歪歪一堆我听不懂又感觉很熟悉的外国话，但因为白天很忙就挂断了。

到了晚上这个电话又打来了，不过终于听到了熟悉的声音："你好，请问是唐泽先生吗？"

我终于想起为什么那么熟悉，是日式汉语。说话的是个声音很年轻的男人。

"是的，你是谁？为什么打了一天电话。"

"很抱歉，唐泽先生。我是古川小夫，我现在代替我的委托人藤原龙也先生给您打电话。"对方汉语说得很吃力，但很流畅清晰。

"藤原龙也？不认识。"

"请问你认识绫濑结衣吗？"

"认识？"这两人什么关系。

"藤原先生跟绫濑女士是很好的朋友，现在绫濑女士失踪，根据我们调查她去了中国。我们调查了她之前在中国接触的几个人，包括你，所以打电话给你。"

我终于知道这通电话是怎么回事了，绫濑结衣失踪了！

"很抱歉，绫濑结衣最近都没有联系我，自从上个月她离开海口后我就再也没见过她了。"

"唐泽先生，我刚才发了条信息给你，里面有我个人的电话和藤原先生的电话。不过我建议你先给我电话。"这个古川小夫说话的时候，背景音里有白天那个熟悉的声音，很激动和歇斯底里的叫嚷声。

声音的主人应该是那个藤原龙也了。

"好的，我知道了。"我挂了电话。

然后陷入沉思。绫濑结衣失踪？跟她得的 PTSD 有关？那个藤原龙也说是她朋友，但从这么关心的态度来看，关系不简单。

顿时忧心起来。

想了半天，我试着联系了下绫濑结衣，中国号码和微信都没有音信。于是我给赵佳佳打了电话，起初还想着她会不会在上班无法接电话，但没想到一打就通了。

"你知道结衣失踪的事吗？"我直接就问。

"我也是刚知道。但我不知道她在哪儿，也联系不上。你联系过没？”

“联系过，找不到人。这事什么时候发现的？”

“应该是这两天吧，听藤原龙也说查到她去中国的记录。”

难怪会来问我，原来绫濑结衣又来中国了。但我突然想起另一个问题：“这个藤原龙也是谁？”

“绫濑结衣的追求者、准未婚夫。”

“未婚夫？”

“上个月结衣的酒鬼父亲刚跟藤原龙也父亲定的婚事，其实门不当户不对的，藤原龙也家很有钱。为什么会有这桩婚事，一是因为藤原龙也从初中就开始喜欢结衣；二是双方父亲以前就认识，还合伙做过生意，只不过一个人成功了一个人彻底沉沦了。后来，因为空难后结衣的情况，还有藤原龙也的积极，两家人就订下了这门婚事。大概结衣不同意就跑了吧。”

“原来这样……”顿时心里五味杂陈起来，“你怎么知道那么多？”

“之前就听说了，这藤原龙也的家里跟我们 JNA 有点关联，从同事那里听过结衣和他的事，也问过结衣，昨天藤原又跟我聊过。所以啊！”

“这真够乱的，不是，我是说听得一头雾水。这结衣有个准男友死在空难里，突然又冒出个准未婚夫，还是个富二代。这信息量太大了。”

“总之呀，如果看到结衣及时联系。”

“好的，没问题！”

挂了电话，我往窗外看去，皎洁的月光让我的思绪越来越乱。

房间外不断传来父母走动和看电视的声音，心情越来越烦。最后我出了门往工作室跑去。

来到工作室，打开电脑。找到那天第一次在海口见到绫濑结衣时拍的照片。

那是她在海边一个突然的回眸，背景是虚化的海天一线，画面正中是她肩膀以上的头像，晶莹透彻的眼眸里可以依稀看到相机镜头，微微张开的嘴角略为我的偷拍惊讶，脸蛋松弛和紧张之间是她努力让自己在快门按下前有好看点的表情。

大概就在这不到一秒的时间里，我抓到了她这一画面。该说什么呢？第一感觉是不经意的回眸；第二感觉是虽然有点害羞但隐约还带着对镜头的一点点熟悉；第三感觉像是在问镜头这边的人："你又来拍我了？"

一张照片里，带着许许多多的语言。我将照片打印了出来，贴在墙上的记事板上。

关上工作室的灯，借着夜色和窗外大楼的霓虹灯光，绫濑结衣那双眸子依然清澈。

这双眼睛里还藏着多少悲伤的故事呢？

第二天是周日，是我拍互免写真的时间。

互免就是拍摄中我跟模特互相免费的意思，她给我拍想拍的，然后我拍的照片给她，既然双方拍摄都会产生费用，来回都差不多干脆就免费了。

我选了一个长得白净个子很高的模特，我们一同去海边拍。我突然想到绫濑结衣说的那个海边。

其实那个海边还不错，有破旧的码头和渔船，有空旷无人的海岸线，只要天气好，是个出片的好地方。

于是我们就去了那里。

没想到我在那里看到一个人，绫濑结衣。起初我以为我看错了人，再仔细一看，的确是她。

"结衣！"我喊她。

"唐泽，你好！"她微笑着朝我打招呼。

"你怎么在这里？你知道全世界都在找你吗？"我边说边踩着沙地向她走去。

这片沙地有点软，走起来很费劲。绫濑结衣站在一个翻倒的渔船上，渔船残破，我很担心她会跌进去。

"知道。谢谢关心。"

"为什么你还来这里？"

"不为什么，就想来这里。"她越过肩头看到我身后远处的模特，"你来这里拍照吗？"

"是的，没想到在这里能遇到你。"我终于走到她跟前，站上那个翻过来的渔船。

"这个地方拍照很不错的，对吧？"绫濑结衣说。

"那天来就觉得不错，所以今天就带人来拍一次。"我朝那个模特挥手说，"等我下！我跟这个朋友说个话，你玩会儿手机吧！"

模特点点头，停下脚步，拿出手机低头玩起来。

"不好意思，让你们担心了。"绫濑结衣看了我一眼又看向大海。

"你一定来过这个地方。"我说。

"嗯。"绫濑结衣隔了一会儿才点头。

应该有故事，但我不想追问，总担心会激起她的 PTSD。"回去吧。"

"回哪里？"

"回家。"

"不想回。"

"我听说了，你有婚约的事情。"

"很讨厌。"绫濑结衣突然说。我不知道这是讨厌我，还是讨厌那个婚约。

也许全都讨厌。

海风吹散了她扎起的长发，她抬起手捋了下。看着远方，面无表情。

她没再说话，此时空气带着淡淡的热气，也带着淡淡的尴尬。我转过头，"结衣，我先去拍照，你别乱跑，等下我送你回市区。"

我回头带着模特在离绫濑结衣不远的地方拍照。模特有一米七三的个子，这对我们身高普通的摄影师来说是一个极限身高。模特的腿又直又长，画面非常诱惑，可是哪怕她今天穿着短裤背心，还备着一套泳衣，拍照时我都索然无味。

因为我一大半的心思都在不远处的绫濑结衣身上。

"唐老师，感觉你今天兴致不高啊。"模特犹豫了半天才怯生生地说道。

"是吗？可能天气有点热。"我摸了下额头，余光还在注意着绫濑结衣。

心头一直在疑问她为什么会出现在这里。

拍摄就在一种不咸不淡的状态下结束了，比预计的时间要短，不过总算是完成了要拍的东西。从我经验上预判，修好的照片符合双方预期。

我们结束后，绫濑结衣已经不在那个破船上，而是走到废弃码头边，坐在腐坏的木制码头边缘，看着远处的大海发呆。

一种不好的预感和猜测浮在心头，我在想她的 PTSD 会不会犯了。

"老师？"模特收拾好准备离开。

"等我一下。你先去车那里等我。"我留下模特径直走向码头。

绫濑结衣看到我过来，抬起头微微笑了笑："拍完了吗？"

"嗯，拍完了。"我蹲在她旁边，"一起回去吧！"

"我想再待一会儿。"

"现在都五点多了。这里网约车可是叫不到的。"我看了下时间，再有一会儿要入黑了。

其实按以前的计划，我现在还可以拍摄，尤其是五点后的光线是最好的，而且还可以拍海上黄昏。

"是吗?"绫濑结衣好似茫然地看着我,"我不知道。"

"还好你碰到我,不然你就麻烦了。走吧。"我伸出手。

她停顿了几秒,才把手伸过来。

她的手很光滑柔软,我轻轻拉起她。

回到市区夜色就浓了。把模特送到车站,我就带着绫濑结衣去附近吃饭。

"为什么你不叫她一起吃?"绫濑结衣问那个模特。

"我一般不安排模特吃饭,尤其是互免拍摄的时候。"我说道。

"互免是什么?"

"就是互相免费拍摄。"我又仔细解释了下我今天的拍摄。

听完后,绫濑结衣点点头算是明白了。"抱歉,我一定打扰到你了。"

"没,没有。"我摆摆手,饭菜刚好端上来,"快吃饭吧,你应该饿了。"

电话响了,刚才微信就响个不停。拿起一看是王子章。

"刚刚张伊达过来说尹素儿要请我们去她家坐一坐。"

"为什么?"我一愣。

"你怎么那么多为什么。我怎么知道?"

"让张伊达自己去就可以了,干吗要拉上我们呢?这不是让我们当电灯泡吗?"

"先去坐坐吧,可能真有什么事。"

"我晚点到。"

其实我不太情愿去的，我生怕眼前的绫濑结衣突然又不见了。

"唐泽，你有事可以先走。"绫濑结衣见我若有所思的样子就劝我。

我摇摇头说："先吃饭吧。"我不敢直说怕她又不见的事。

但自己又有点私心，没给赵佳佳发信息。因为担心那个什么藤原龙也会过来，那个什么准未婚夫。

这个私心是为什么呢？我一时间想不出。

吃完饭，我送绫濑结衣到酒店。路上我想了一个法子，两全其美的法子。

"结衣，我发现一个好地方，比海滩还要好，安静怡人，能让你发呆很久。"

"在哪儿？"

"我带你去吧。"

"好。"

除了看住她，就是为了实现上次未尝的心愿——给她拍照。

约定好时间后，正好车就到了酒店门口。看着绫濑结衣上楼，我就改道往王子章发来定位的地方，尹素儿的家。

王子章在小区门口等我。上了我的车把我带到停车的地方后，两人下了车，先讨论了一番。

"到底什么事？"我问。

"不清楚，但听语气好像不差。"王子章紧皱眉头。

"会不会她发现了，要当面怼我们？"这个可能性是存在的。

王子章摸着下巴想了下说："好像……不太符合她的性格。"

"万一真的有事，你想好怎么办了吗？"

"还没想好，只能看情况再定了。"

最后也没想出个所以然来，还是决定先上楼再见机行事了。按了门铃，其实王子章有钥匙，但要是拿钥匙开门里面正好是张伊达，会怎么样？

开门的的确是张伊达，他早已经到了。他开了门回到沙发上坐下，然后看向正靠在落地窗边的尹素儿。

尹素儿穿着白色的连衣裙，是那天在酒吧穿的那条。

"坐吧。"尹素儿看了我们一眼。

顿时，我有一种很不好的预感。

我们在沙发上坐定，尹素儿走过来直直地站在我们跟前，以莫名的笑容看着我们，看得我心里发怵，而她的目光从没离开过王子章身上。我看得出她的笑里有股恨意，不知道王子章有没有看出来。

"王子章。"尹素儿冷冷地喊了声，"我叫你来是想告诉你今晚或许是我们关系彻底结束的一天。"

她什么意思？是要对王子章正式宣布她和张伊达关系吗？我看向王子章，此时的王子章正紧张地看着尹素儿。张伊达一副茫然置身事外的样子，全然不知正逐渐尴尬的气氛。

"你说的结束是？"王子章站起身。

尹素儿冷笑："你不是想把我推给张伊达吗？好呀，今晚我们就做个选择吧。"说完她便走进厨房。

再出来的时候她手上拿着一把锋利的水果刀。

我大感不妙，立即站起身，王子章愣在原地。张伊达走过去问："素儿，你拿刀干什么？"

"张伊达，回来！"王子章发觉不对喊了一声。

我们都以为尹素儿会捅张伊达一刀，再不济冲过来捅王子章一刀。可最后什么事都没发生，尹素儿拿着水果刀走到窗边，拉开落地窗帘，一阵清凉的夜风吹进屋内。

"你说你爱我对吗？"尹素儿回望张伊达。

"是。"张伊达回答。

"好，让我刺你一刀，证明你对我的爱。"她把刀递过去。

"素儿你疯了吗？！"王子章大叫着冲向她，"快把刀放下！"

"别过来！"尹素儿把刀尖抵在喉间，"你过来我就刺下去。你们谁都得不到我。"

我们站在原地动都不敢动。

"张伊达，你爱我吗？"尹素儿问。

"我爱。"张伊达点点头。

"那就来吧。"她重新把刀指向张伊达。

"张伊达你别听她的！她生病了！"王子章想冲过去夺刀。

尹素儿反应更快，又把刀抵向自己脖子："王子章，你不是说过，爱你太深，我会死吗？现在我就证明我爱你有多深了。"

"你疯了！你知道你在做什么吗？"王子章喊起来。

"这就是我对爱的理解!"

她正准备后退的时候,张伊达大喊:"好!我来!"他走向尹素儿散发着寒光的刀锋。

"张伊达你也疯了吗?"王子章上去拉他被他一把推开。

"喂!别过去啊!"结果我连带着跟王子章一起摔倒在沙发边上。

我看到张伊达的背影,看到他正沉浸在自己的世界里,哪怕眼前是条冥河他也会跨过去,因为对面站着的是尹素儿。

尹素儿也很讶异。她想不到张伊达会真的走过来。张伊达走到尹素儿面前,刀尖离他的腹部只有几厘米的距离。

尹素儿的手颤抖着,恨恨道:"我是别人的情妇,一个二手货,你也要吗?"

张伊达身子动了一下,但没有我想象的回头质问王子章,而是继续一动不动地面对尹素儿。

王子章愧疚地看向他,点了下头说:"对不起张伊达。我本想找时间跟你解释的。"但我觉得他现在道歉太晚了。

见张伊达什么都没说,尹素儿问:"你不生气吗?或者你已经知道了吗?"

"我不知道。"张伊达摇头。

"为什么还要坚持?我不值得你这样。"

"对我来说你值得。不论你曾经是谁的,只要以后你是我的就行了。"

张伊达的话让我听了心中一紧。我好像看到站在那里的是我和结衣，内心莫名地燃起一股火焰。

"你真是傻瓜！"尹素儿凄美一笑。

"就让我来证明我对你的爱。"张伊达双手抓住尹素儿握住刀柄的手，"请你一定要遵守你刚才的承诺。"

"张伊达！住手！"王子章大叫着爬起来冲过去。

一秒钟后。

张伊达抓住尹素儿的手，把刀刺入自己的肩膀。

鲜血滴落，尹素儿尖叫。

一瞬间，时间和空气都被冻结了。

我们停在原地看着被刀刺入的张伊达慢慢跪下。

"要答应我，你刚才说的……"张伊达慢慢倒下。

"张伊达！"王子章扶住他朝我喊，"唐泽，快叫救护车！"

"马上！"我拿出手机，手指却颤抖着按不对号码。

尹素儿双手沾满鲜血傻站在原地，面无表情地看着张伊达。她在想什么呢？是被张伊达的爱感动了，还是被吓坏了呢？

我拨对了120电话，刚抬起头，看见尹素儿朝着阳台外的半空纵身一跃。白色的裙子就这样飘在点缀着城市灯火的夜空中。

"喂！"我大吼。

就在她往下落的一瞬间，一双手下了将她抱住，生生给拽了回来。那是王子章的双手。

尹素儿被摔在阳台地板上，趴在地上又被王子章抓着衣领拎起来："傻瓜！你疯了！找死啊！"

"我就是想死！想死！"尹素儿尖叫起来。

啪！

王子章一巴掌将尹素儿打倒在地。

然后，是尹素儿的痛哭声。

王子章看着自己的手掌，看看她，又看看我。最后，回到张伊达身边。

张伊达从地上坐起来，面色苍白地看着尹素儿，吃力地说："素儿，不要哭！有我。"

"耍帅不是现在！你也够傻的！"王子章扶起他，"唐泽，帮我看着她，我给他先包扎。"

在救护车到来之前，王子章给张伊达做了简单包扎。我一直看着尹素儿，尹素儿就靠着阳台落地窗坐着。

事情结束已是第二天早上。

我拖着疲惫的身子回到家，刚躺下没多久就想起跟绫濑结衣的约会，立马跳了起来，去洗了个澡，冲杯咖啡喝罐红牛，精神饱满地冲下楼。

早上的天空依然晴朗，蔚蓝的苍穹下，阳光充沛地洒落在城市的每一个角落，淡淡的浮云缓缓地飘在空中。

我早早便来到绫濑结衣的酒店门口。不过这次没有开车，我骑摩托车来的。在海口已经很少见到摩托车了，这辆摩托车还是我找小区里一个高中同学借的，但摩托车已经很久不骑，同学昨晚调试了一晚，终于赶在今天将摩托车开上了马路。现在是电驴也就是电单车的时代，骑一辆铃木王摩托穿行在街道上，后面再载着一个妹子，其实是一件很拉风的事情。

绫濑结衣出了酒店门口，看见我站在摩托车旁边，脸上立刻露出喜悦的笑容："今天坐这个吗？我还从没坐过呢！"

"你没坐过？"我惊讶地问。不过也对，现在摩托车在中国大城市里已渐渐消失，日本当然也不例外。

"见过，没坐过。一直想试试呢！"

"不过，你先换件衣服，你这身打扮不太适合坐摩托。"

"啊！对不起，等我一下。"她转身往酒店小跑而去。

她今天穿着一条格子短裙，露出一双修长白皙的长腿，再搭配身上那条白衬衫，全身上下弥漫着一股迷人的夏季味道。可惜，我们要去的地方不适合这样的穿着。

过了一会儿，她从酒店出来了。这次换了一条牛仔裤和一双平底鞋，白衬衫没换。满满的夏季的味道。

"出发！"我们骑上车向市郊进发。

"不吃早餐吗？"她问。

我急忙刹车，很抱歉地摸着脑袋。"对不起，太激动给忘了。"

"附近有什么好吃的？快带我去！"她也格外兴奋。

附近有家不错的风味米粉店，熬制很久的骨头汤，放入爽滑的米粉，吃起来喷香可口。绫濑结衣又在夸奖米粉做得好吃，还记在离开前一定要吃的食物名单里。

蔚蓝的天空，淡淡的浮云飘过。炎热的微风轻轻吹过树海，发出窸窣的响声。阳光透过树枝的缝隙，斑斓地洒落在脸上，暖洋洋的，又带着清新的舒适。我们沿着郊区的树林小道，一路前行。

路很好走，摩托车速度很快，绫濑结衣不知什么时候已经从后面抱紧了我，一瞬间心潮澎湃。微风从我们的鼻尖划过，阳光不时掠过树杈落在我们的脸上。

绫濑结衣一路上开心地笑着。长发飘在她的身后，阳光洒落在她的脸上。周围绿树成荫，花儿静静开放。

似乎，她已经融入这个夏天。

"再往前走一段就到了。"我不时回头看着身后的绫濑结衣。

"骑慢点好吗？"

"累了？"

"不是，我想再享受一会儿。"她轻轻吸了一口空气，"这里好舒服呀，为什么上次不带我来？"

"忘了。"

"真的吗？"

"真的。"我认真地说。

"嗯……"她拖长声音，似笑非笑地应了一声。

片刻后我们的第一站到了。一条废弃的铁轨蜿蜒在我们面前，锈迹斑驳，杂草丛生，鲜嫩的花儿在杂草中和铁轨缝隙里迎着阳光摇曳。铁轨边上的树林散发着浓郁的绿意，走过绿荫，顿时感受到蔚蓝天空下洒落的阳光，带来勃勃生机，和强烈的视觉感受。

"这是哪里？"绫濑结衣走到铁轨上，"好像，已经废弃了很久。"

"其实……不太久。"我跟在她后面看着她的背，"自从有了高速公路和新的铁路干线完工后，这条铁路线就废弃了，只留下这条埋在树林深处的铁轨，还有前面那个站台。"

我指着不远处。她回头看了我一眼，又顺着我指的方向看去。远处树林一角，铁轨边上有一个破旧的站台，几乎就要淹没在树海之中了。

她快步走向站台，我紧紧在后面跟着。"结衣，走慢点。别被绊倒。"

"你说，如果人也像这样，被遗忘在这样的地方，是该悲伤还是幸福呢？"她蓦地说了这句话。

"悲伤吧。"我随口回答。我不知道她话里的意思。

"如果我把自己遗忘在这里，大概也不会有人来找我。"她越走越慢。

"我会来找你。"我说。

"为什么？"

"因为我知道你来过，所以我会来找你。"

"为什么要来找我呢？"

"因为你丢了。"

"怕我丢了吗？"她突然转过身微笑着看着我。

"是呀。"我点头。

"如果我突然不见了，你会想我吗？"她问。

"会。"

"为什么？"

"你问的为什么也太多了吧？"我笑了。

"说呀，为什么呢？"她倔强地问。

"没有你，这个世界会很冷。哪怕在夏天的阳光下。"

"谢谢。"

她笑得很灿烂，阳光洒在她的脸上，仿如一道温柔的阳光照入我的心房。她把手背在腰间笑咯咯地往后退了几步，正准备回身往前走，突然被什么绊了一下。她失去平衡向后摔去。

"结衣！"

我急忙上前伸手扶住她，在她离地还有十几厘米时，我抱住了她："没事吧？"

我膝盖跪在地上，花草轻轻刺着我的手背。她平静地看着我。她在我怀里，仿如躺在环绕的花草中，就像一朵叫结衣的花，吐露芬芳，绽放最美的一刻。

空气、风、树林里的所有生命，一瞬间都静止了，悄无声息，只有我们彼此的呼吸和眼眸的互视。

"没事吧？摔疼了吗？"我又问。

她看着我背后的天空，淡淡地说："我在忧愁时想你，就像在冬季里想太阳。我在开心时想你，就像在骄阳下想树荫……"

"你说什么？"

"想一个人真痛苦。"她的眼眸里波光流动。

"怎么了？"我问。

"我可以起来了吗？"她害羞一笑。

"哦，不好意思。"我连忙扶起她。

"谢谢。"她整理了一下衣服，向我点头致谢。

"你刚才说的那句话是什么意思？"

"没什么。"

"你刚说想一个人真痛苦。"

"你好烦！"她轻轻嗔笑。

"对不起。"我捂住嘴。我第一次看到结衣生气的样子，一时间不知所措。

"是我对不起。"她微微一笑，转身向站台走去。

她站在铁轨上，张开双臂轻晃着一步步向前走去，阳光洒落在她身上，走过之处花草微动，树枝在她身边窸窣响着。

我拿出手机拍了下来。看着屏幕上的相片，无论拍得再怎么美，都不如真切地看着她站在眼前那么让人着迷。

她走到站台前，仰望着那块已经爬满树藤的站牌，念着上面的字。我走过去一起看。

"它们一定在期盼着有一天还会有火车鸣笛进站吧？"她一脸忧伤地轻轻述说。

她走上站台，在一张木椅上坐下，仰着头环视车站。我走到她身边坐下，跟她一起看着。车站很小，里面长满了杂草野花，阳光从缝隙里照进来，留下一块块斑斓的金色印记。

她捏起椅子下面的一朵野花，放在手心。良久，她眼眸里泛着淡淡的冷光。我开始感觉到她心里的忧伤。我不知道她的忧伤是什么。是无法见到暗恋的人吗？她刚才说想一个人真痛苦。

"你为什么要落泪？"我问。

"没什么。"她急忙擦拭。

她站起身向外走去。

我追上去抓住她的手。"是因为你暗恋的人吗？是因为你的婚事吗？"她没看我，只把纤弱的背留给我。

"告诉我，结衣。"我再说。

她挣脱我的手走下站台，快步走到铁轨边上，看着铁轨的前方。我默默跟在她身后。

"唐泽，你说这条铁路会到哪里？终点在哪里？"她问。

"不知道，走走吧。"我说。

她回过身子给我一个温暖的微笑："你愿意陪我走到终点吗？"

"愿意。"我立即回答。

她嫣然一笑："谢谢。"便转身向前方走去。我走了几步，突然想起放在远处的摩托车。

"你先走，我去把车骑过来。"我转身向后跑去。

"快点哦！不然我会不见的！"她喊了一声。

"你不见了我一定会找到你的！"我也喊。

她咯咯地笑着，两脚走在一根铁轨上，双手张开沐浴在阳光下。

周围的树木花草是因为洋溢在阳光下而显得鲜艳耀眼，还是因为她呢？

很多年后，有人告诉我，结衣那句"我在忧愁时想你，就像在冬季里想太阳。我在开心时想你，就像在骄阳下想树荫"，是雨果致朱丽叶特的情诗。

绫濑结衣走了很远，我骑了摩托车好一会儿才找到她，她已经沿着废弃的铁路走到了尽头。

"没有了路。"我看着眼前一大片林海。

"以为会是很长的路。"她满脸失望，忧伤地说。

"虽然是尽头，却是新的开始。"我说。

"开始？"她回眸。

"往那边走，你会看到更喜欢的东西。"我指着旁边的山谷。

"带我去。"她淡淡地要求。

我们留下摩托车，徒步走进山谷。摸着小道边的护栏，我们漫步在幽静的山谷中。树荫盖过我们的头顶，往上看会不时看到透过缝隙照射下来的阳光。远处的溪水声听起来很舒服，像一曲曼妙的钢琴曲在耳边轻轻弹奏。

"一直往前走会有什么？"她问。

"秘密。"我笑。

"有那么好吗？"

"到了就知道了。"我神秘一笑。

她猜不透我想什么，抿嘴一笑继续走在前面。很快我们便走到了我说的"秘密"的地方。一座吊桥，横跨下面的溪涧，不高。甚至不用走桥，只要卷起裤腿就可以蹚着溪水走到对岸。

"我要走！"她坚持要走桥。

"要小心哦！"我在她身后喊。

她扶着吊桥一边的绳子走在上面，有点紧张。待她走到中间我抓住绳子一边，用力摇了摇。

"啊！"她尖叫一声，抓着一边坐在原地。

我哈哈大笑。

"唐泽！你干什么！"她气呼呼地朝我喊。

"不好玩吗？"我笑问。

"一点都不好玩！"

她很认真地站起身向对岸走去，好像生气了。

等我走到桥中间，她到了对岸抓着一边摇起来。

"喂！别摇了！"轮到我怕了。

"好玩吗？"她开心地笑着，又摇了两下。

"一点都不好玩！"我狼狈地扶住两边不敢动。

"怕不怕？"

"怕。"

"还玩吗？"

"不玩了……"

"放过你了，走过来吧。"她松开手。

我松了一口气，加快脚步向她走去。

趁着我不注意，她又摇起来。

"绫濑结衣！你太过分了！"

"可是我觉得很好玩！"她笑得花枝乱颤。

我突然发觉，我着迷了，彻底地着迷了。

过了吊桥，我们继续向前走。她开心地走在前面，不时地轻哼几句日语歌。直到这时，我才恍然清醒她是来自海那边的日本女孩，她逃婚而来，带着难言的烦恼和忧愁。

不知什么时候天空飘来厚厚的云层。雨落下，阳光还在，是太阳雨。我们躲在一棵树下，雨水依然滴落在我们身上。我伸手在她的头上，为她挡雨。

"谢谢。"她微笑。

"你知道吗？我们这里叫太阳拉尿。"

"太阳拉尿？"她扑哧地笑了，"好怪的名字。"

雨停后，山谷里湿漉漉一片，沾着雨珠的树叶花草，晶莹闪烁。有些刺眼。

她拉了树枝，水花一下弹落到我身上。我也拉了一下树枝，把水花弹到她身上。

"如果可以一直生活在这里，有多好。"绫濑结衣坐在山顶的树荫下，遥望着眼前一大片树海。暖洋洋的微风吹过，下面的树海轻轻回荡着窸窣的"海浪"声。

"可以呀。你在这盖间房子，然后种点什么，过一种原始生活。"我开起玩笑。

"我是认真的。"她说。

"认真？"

"我不想走了，想留在这个城市。"

"是因为这个？"我指着眼前的景色。

"不是。"她没继续说下去。

我在她身边躺下，看着透过树枝缝隙泻下来的点点阳光，有点刺眼。突然一只手仲到我眼前。

"这样就不会被照到。好好睡一下吧。你陪我那么久也累了。"她说。

"谢谢。"我声音很小。

过了一会儿，她睡着了。

我爬起来，看着被阳光浸泡的树林发呆，才想起包里的相机。说来真是好笑，每次都提前计划好拍照，但一碰到绫濑结衣，就总是事与愿违。

绫濑结衣此时的构图非常美妙。她侧躺在草地上，侧脸埋在青嫩的草丛里，点点水珠反射的光斑印在她白皙漂亮的脸蛋上。

我悄悄拿起相机，调好参数，对着睡着的她按下快门。第一下快门后，突然发现有光斑散落在她的脸上，赶紧再按一次快门。

正准备贪心地按第三次快门，她睁开了眼睛。眼眸清澈明亮，映着阳光，就这么直直地看着我，看着镜头。

慌乱中的我，赶紧按下了快门。

多年后，就是这张照片，让我拿了人生中第一个摄影大奖。

"醒了？"她没有生气。

"嗯，眯了一会儿。"我收起相机，"你好美，所以，就拍了，抱歉。"

"中午了。"她起身坐起来。

"肚子饿吗？"我问。

"有一点。"她点点头。

"走吧，我们回去。"我站起身。

"等一下。"她拉住我。

"怎么了？"

"现在中午呢。"她指着天空。

此时正值午间，艳阳高照，眼前的景物纷纷披上阳光耀眼的色泽，底下的树海也变得安静。因为树荫的遮挡，我们感受不到那么强烈的阳光，可是在鼻尖流动的热气告诉我，现在是中午最热的时候。

我又在她身边坐下，"好吧，再等下。"

"肚子饿吗？"她问。

"有一点。"

"如果你不怕太阳晒的话，我们就回去吧。"

"不，我怕。还是等一下吧。"

我是怕晒到她，不知不觉间时刻想呵护她。

安静了一会儿。"我们会饿死在这里吗？"她突然开起玩笑。

"也许吧。"我懒懒地躺下。

"你会陪我吗？"

"会啊。"

"如果我饿死了，如果我死了，世界还是不会变，不会因为我而停止运转。你说对吧？"

"不对，至少我的世界，会停止运转。"我忧伤地说道。

"我在你的世界是那么重要吗？"她问。

"很重要。"我点点头。

"因为没人给你偷拍了吗？"她揶揄一笑。

"只是偷拍？不能正大光明的。"我皱起眉头。

"我怕镜头。"

"为什么？"我很好奇，然后拿起相机。

她立即挡住自己的脸。"不要了！"然后她站起来说要回去。

"好了，不拍你了。现在阳光太烈了，等等吧。"

"想留下好难。"她突然说。

"你想留可以留呀。"我说

"嗯。"

"那留久点再走好吗？"

"你想多久？"

"一年吧。"

"一年？你太贪心了！"她抱着膝盖咯咯地笑，"你是不是想我留下一辈子最好？"

她突然这么说让我有点不安，因为戳中了我内心的小秘密。

"有点想。"

"我以后还会来的。"

"那我一定等你回来的。"

"随便呀。只要哪天我再出现的时候，你不要忘记我就行了。"

"不会忘的。"

"谢谢。"

"等一下。"

"嗯？"

"既然这么说了，可以照一张吗？就一张！破个例吧！"我再次拿出相机。

她犹豫了好久，最后点头说："好！"

她温柔地对我露出迷人的微笑，很漂亮。仿佛任何的烦恼和不快都会随风带走，消失在她的阳光里。

我按下了快门。

这道夏天最美丽的景色被我留在一个相框里，从未公开。那时真的希望她永远留下来。我甚至有一种希望日本沉没、藤原家族被抄家之类的邪恶想法，这样她就可以不用回去永远留下来。

唉！也只能幻想着不切实际的可能性，却无法在现实中阻止她离开。我有喜欢她的感觉吗？

回去的路上，我心不在焉。她发觉到了于是问："你怎么了？都不说话。"

"没什么。"

"看上去也不像肚子饿了。"她认真地看着我。

"肚子饿了还能走路吗？"

"那你在想什么呢？"

"没想什么。"

"你骗我，快告诉我。"她一脸好奇的样子绕到我前面。

我在想我是不是喜欢上了她。但是我不敢说出来。一旦说出来，许多事都会变了。

"没有！"我坚决保守秘密。

"拜托嘛！"她摆出很可爱的笑脸。

我很喜欢她笑的样子，但我还是不能动摇。"真的没有，你想多了。快走吧，再磨蹭别又赶不上晚饭了。"

"说嘛。"

"不说。"

我们的声音回荡在山谷里。溪涧的流水声，山谷的鸟叫声，树海的沙沙声，似乎都停了下来，静静地听着我们说话。不，应该是听着她笑声听着她的轻声细语。

回到市区已经临近傍晚。她又在那个车站待了一会儿，让时间又晚了一点。我们回到了另一个"森林"，是钢筋混凝土构筑的"森林"。在傍晚的阳光下，它们拉长着倒影遮去夏季的炎热。在夜晚，它们亮起绚丽的霓虹灯光，把城市点缀成一个繁华璀璨的世界。

马路上川流不息的车辆，人声喧嚣的街道两边让我感到某种奇特的陌生感。

"去哪里吃饭？"她却没有不适。

"再去那个巷子里的海鲜面馆怎样?"

"好呀!"

"走吧。"

"不过这次我来请吧。"她合掌恳请。

"那我要吃最贵的。"

"可以呀。"

"我开玩笑的,最贵的面就是你上次吃的。"

我笑了。她也笑了。

我们走在渐渐落下的太阳的余晖里。为什么时间会流逝得那么快,可以再慢点吗?

绫濑结衣双手合十把筷子夹在拇指间,闭上眼说了一句日语,似在祈祷,过程很快。待她认真地再拿起筷子的时候,她脸上充满对碗里面条的喜爱和兴奋。

"你刚才在说什么?"我问。

"我开动了。"她解释。

"哦,原来是这句,吃饭常见你这样。"我挠挠头。

"这算是一种习惯吧。"她笑。

"我想起来了我好像在别的地方也看过。"

"哪里?"

"电视剧里。"

"我以为你又认识另外一个日本女生。"

"怎么会呢?目前也就认识你一个。"我笑说。

碗里飘散着白色的热气，隔在我们之间，对面的她多了层朦胧。

我吃的是海鲜汤面，她吃的是鱼汁拌面——用砂锅煮好的鱼汁浇在用海鲜汤烫过的面条上，闻起来就让人垂涎欲滴。我也想点鱼汁拌面，但是她坚持说两人点一样就没意思了，坚持要我点上次她吃的海鲜拌面，好像她想报复我上次为她点了海鲜拌面而不是鱼汁拌面。没办法，她生气修理人的方式是那么温柔，让我无法抵抗，只有投降。

"好香！"她说。

是呀，你吃东西的样子，很香，很美。我在心里说。

"你怎么了？我脸上有什么吗？沾到了吗？"她有点害羞地把手抚在脸上。

"是有一点。"我是想借机摸摸她的脸，感受那张俊美的脸是怎样的感觉，是像夏季太阳那样动人心扉，还是寒冬里的冰冷。

我摸过许多女人的脸，大多数是模特的，拍照时会轻松地将她们的脸摆正位置。很多时候从未有过什么感觉，第一次和头几次或许会有点紧张和兴奋感，久了也没什么。

但此时，就在我的指尖将触碰到白皙的皮肤时，我的手停住了。我发现这时的我很邪恶。我收回手抱歉笑笑："对不起，看错了。"

"哦……"她摸了摸刚才我打算要摸的地方一脸歉意，"不好意思，太好吃了，没注意自己的仪态。"

"不会，真的很好。"我越来越讨厌自己刚才的做法。

"是吗？"她很认真地问，"别骗我。"

"你吃饭的样子真的很好看。"我还是忍不住说出心里话。

她低头轻轻一笑想了会儿："我什么时候的样子不好看？"

"都好看。"我痴痴地说。

"啊？都好看？"她温柔一笑，"你说这么好听，我可没有糖果奖励你哦。"

"我是说真心话。"

"真心话？"她放下筷子。

"对。"

"我在你心里很完美吗？"她问。

"是。"

"你不了解我。其实我很差劲。"她自嘲地笑。

"我看不出来你哪里差。"我为她辩解。

入夜。

还是那个华灯璀璨繁华热闹的夜晚下的城市。迷人的港湾到了夜晚再次归于寂静，城市时刻在变又似乎重复不变。

酒店到了，我放慢脚步。

"那……我先上去了。"她好像在犹豫。

"好。晚安。"我准备离开。

"那，晚安！"

"走咯！"我准备骑上摩托车离开。

"唐泽！"她喊。

"啊？"我停下脚步。

"可以上来吗？"她说。

"上去？"我一愣。

"我有点东西给你。"她脸上有些害羞。什么东西？让她那么害羞。
我好奇又紧张。

进了房间我很快注意到她床头摆满了书。

"随便坐，你要喝水还是喝果汁？"她走向冰箱。

我走过去拿起一本书。是本日语书，不过从上面的汉字看出是学
汉语的书。不止一本，下面还有一本笔记。我正想翻开笔记，却被夺
过。她把笔记抱在胸前一副嗔怒的表情，"不要乱翻女生的日记！"

"对不起。"我连忙道歉，但立即一愣，"日记？你用汉语写日
记吗？"

"是呀。这样可以很快练好汉语。"

我看着桌上的一沓书，"你每天都在学吗？"

"一直都在学，好多年了，但一直很不流利，还有很重的口音。"
她轻轻一笑。

"学得很好了！"我发自内心地说。

"谢谢。"她笑。

"你为什么这么拼命地学汉语？"我问。

"我很喜欢汉语呀！"

"就这些吗？"

她没回答我，退到床边，看着一旁说："对了！我忘了要给你东

西！"她从旅行包里拿出一件东西攥在手里，一根红绳沿着手悬在半空。

"特意为你带来的，还想着离开这里前，再交给你。"她递给我。

她的掌心是一个护身符。

带着浓郁日本风的护身符躺在她的手心里。颜色是紫色的，小巧扎成小袋子的形状。

"给我的？"我问得很笨。

"当然了，不然给谁？"她笑。

"求的是什么？"

"身体健康，工作顺利。"

"谢谢。"我接过护身符发呆地看着。

"不喜欢吗？"她小心地问。

"很喜欢。"

我急忙转过身向门口走去。"有点儿晚了，我先走了。"

她跟在后面。"晚安，路上小心。"她的声音很清淡，透着舒心的暖意。

第二天，结衣就悄悄走了。电话没人接，半天后发了语音："很抱歉，唐泽。就这么不礼貌地不告而别，因为我忍受不了告别的场面。下次见。"

我回复："一切平安，等你回来。"

然后过了好多天都没有她的消息，微信也不回复。我担心起来，打了电话过去，也是关机。

直到两周后，她发来信息："一切都好。"

我才松了口气。

这两周内也不太平。因为尹素儿的事件，张伊达的父母被牵扯进来，居然还找上了尹素儿。眼看要捅破窗户纸，王子章没办法只好把我叫出来。

"要我怎么解决？"我很困惑。

"我很头痛。"王子章捏着太阳穴拿着珍珠奶茶在手上晃着。

"这事一开始就不该发生。"

此时我们在海口街边的一个水吧里。这种水吧就一个大吧台和十几张简易桌椅，供人们喝他们家调制的普通饮料聊天。是海口属于年轻人版本的"老爸茶"，一到假期的午后这种店总会堆满人。

今天是周三上午，没什么人，店老板刚开门，还打着哈欠。

"事已至此说这些也没用。"王子章敲着桌子道，"现在想着该怎么善后。"

"我比较庆幸我不是你们公司的人。"我看着手中廉价又不好喝的老盐冲泡的柠檬水。

王子章一愣，"你这话是褒义还是贬义？"

我没直接回答，而是绕过去："尹素儿后来怎么跟你说的？"

"她拒绝跟我联系，去找她也不见。"王子章摸着下巴皱着眉头，"应该在气头上。"

"张伊达呢？"

"他倒是好，说出院去找尹素儿。"

"真是痴情。你既然说要放手，可给我的感觉不像是放手。"我说。

"那我该怎么办？我觉得我已经在放手，现在我参与其中只不过为了平稳过渡罢了。"王子章一副被冤枉的样子。

而我觉得他是在瞎折腾。当然，如果没他折腾，尹素儿这种级别的美女，张伊达连毛都沾不上。其实张伊达是要感谢王子章的，要不然对一个很普通的宅男上班族来说，要认识女神级的大美女，大概要存很久的钱去上海某个夜总会消费一晚才能见到。

今天上午的茶聊眼看就要变成对王子章的批判大会，一个电话打断了有点沉闷的气氛。

是赵佳佳给我的电话。她说找到绫濑结衣了，是那个藤原龙也找到的。然后没说几句就挂断了电话，说是飞机马上起飞了。

这让我很不是滋味，心情瞬间不好。

对面的王子章似乎不知道我情绪的变化，表情询问性地看了我一下，见我没反应，就自顾自地继续说："我觉得吧，这事我们还需要再出点力，尽快让两人面对面，只要两人打破心结，不管最后他俩在不在一起，但至少，那晚的事也算结束了，你说对吧？"

说得头头是道，但我完全没有心思听他说了什么，意思是什么，脑子里全是绫濑结衣。

藤原龙也找到她会不会逼着她结婚呢？听说绫濑结衣有个很不靠谱的酒鬼老爹，再想到 PTSD 这种病症，搞不好什么事都会发生。

"很不好办啊。"想着想着我脱口而出。

王子章以为我在接他的话，猛点头说："对，是不好办！"

"啊。"我抬头应了。

"在看什么？"王子章大概对我边看手机边听他说话不满，眉头皱了下。

"没什么，一点事。"

"要不然我们再组一个局吧？"王子章想了一个所谓的办法。

我愣了下，反应过来后说："不太好吧，多尴尬。就让他们去吧。"

"现在这个节骨眼上不能放手，弄不好素儿又要跳楼。我现在请了一个保姆二十四小时看着她，长此以往不是办法。"

"我去见见她吧。"一心两用的我随口一说，马上就后悔了。

王子章大概没办法了，立即以殷切的目光看着我："好呀，你去试试看。我记得以前素儿在校时候也做过平面模特，你这摄影师也许跟她会有共同语言。"

"她以前做过平面模特？"我眼前一亮，正愁目前缺乏免费的优质模特呢。何芮又三天两头飞，不在海口。

"当然了，这么好的身材，还拍过泳装呢。"王子章很骄傲地说。

于是，带着各自理由我敲响了尹素儿的房门。

开门的是保姆。

尹素儿正坐在卧室的飘窗台上，一条及膝连衣裙侧滑到腿部，在下午的阳光下闪烁着耀眼的大长腿。

"大美女。"我敲了下房门。

她看了下我，就继续看着窗外。

"怎么样？"我走到她床边的椅子上坐下。

一股淡淡的香水味从她脖间飘来。她的脖子很好看，不知为何我脑海里想象着王子章亲吻她脖间的画面。

　　她没回答我。

　　我继续说："这么好的天气，现在才四点。不如我们出去拍照吧？我正好带着相机，你这么漂亮，这么好身材，不多拍几张照片太可惜了。"

　　边说边拿起相机。

　　想拍她的侧脸。

　　她拿起手挡了下，我还是按下了快门。

　　"出去散散心吧，整天蹲在这里不是办法。"我说。

　　"你回去吧。"她终于开口，声音很小。

　　"我知道事情的前因后果，我参与了其中我很抱歉。不过我也知道你心里很不好受，但现在你这样子吃亏的是你自己。"

　　"滚。"她只说了一个字。

　　这下场面尴尬了。

　　我想了一下，不如换个办法。"你可不能便宜了王子章对吧？你现在最好是打扮得美美的，出去多吸引男人气死他。不然便宜的只是王子章和他原配老婆，白亏了你这些年青春的好时光。"

　　"我叫你滚没听见吗！"她突然直起身子对我吼道，指着门外道，"出去！"

　　我赶紧起身退到门外，不忘朝里喊："这么有力气还躲在房问里做失败者很好吗？出来吧！拍个大美照，多吸引点大帅哥！气死王子章啊！你就这样蹲在里面有屁用啊！"

哗啦呼啦，一堆东西丢了出来，我赶紧闪躲到客厅。等在客厅的保姆看着一地东西皱紧了对我不满的眉头。

跟保姆道声歉后我准备离开。

突然听到一声："你站住！"

尹素儿怒气冲冲地站在门口。

我以为她还会扔东西过来。但她却丢过来一句："你等下，我化妆换衣服。"

我差点儿一屁股坐空沙发椅。

女人化妆是要很久的，这个过程我喝了保姆阿姨送来的三杯果汁，去了一趟厕所，还在微信上跟几个模特聊了一会儿。

到了快五点的时候，门开了。

尹素儿穿了一件非常性感的低胸背心和短裤走了出来。妆容也非常搭这性感的打扮。

我愣愣地看着她走到客厅里，嘴边正喝着的果汁差点儿流到裤裆上。如果此时王子章看到尹素儿这身打扮，一定会气得火冒三丈吧？

如果让王子章看到这一状况，恐怕他会更糟心。起初我没想会成功，于是骑了辆电动摩托车过来。所以尹素儿打开大腿坐在我身后，大胸微微触碰我背，两人一前一后骑行在大街小巷里。

当然，一路上的确有不少同行的电摩骑士不断朝我们看来，目光自然在尹素儿身上。

还是因为我没有成功把她约出来的打算，所以我都没想好去哪里拍照，最后决定去离尹素儿住的小区不远的江边公园拍照。

"这里这么少人怎么拍？"尹素儿似乎真是铆上了。

我指了下太阳："走太远太阳会下山的。"

此时光线正好，不晒，是拍照的好时机。如果到了黄昏，虽然背景好看，但拍人像光线太暗就不那么好拍。

我是一个比较喜欢高清画质的摄影师，不太喜欢拍偏昏暗的风格。

"去那个骑楼老街吧！"尹素儿指着远处的老旧建筑群。

"真的去？"

"真的。"

到了骑楼老街，因为尹素儿高挑的身材和过于性感的穿着，立即引来不少原本拿相机拍街道的外国友人的注目，然后是一些野拍摄影师以及原本就在那儿拍婚纱照的摄影师，纷纷将镜头偷偷对准尹素儿。

这顿时让我倍感压力。虽然在尹素儿家里那阵颇有信心，放炮放得山响，真碰上这阵势我还是有点紧张。

尹素儿的目的应该达到了，很快今晚的社交平台上会出现不少关于她的照片，然后会有人来打听，等等。我有种预感，事态似乎往王子章不愿意看到的方向发展。

轰动是引起了，但我们还是要完成拍照。我带着尹素儿到骑楼的　处天台拍照，这里没什么人，可以安静地完成拍照。

尹素儿先摆了几个性感的姿势，然后压低身子，让胸前那呼之欲出的白色胸线直对镜头，对视让我难以自持，血脉贲张。

"是不是太性感了点？"我忍不住问。

"不是你要的吗？"

"我没想得这么……"一时间不知该怎么说下去。

其实我比较喜欢清纯文艺的日系风格，像绫濑结衣和何芮这样的。

拍摄就在我被尹素儿迷得神魂颠倒的状态下结束了。还好不是在酒店或者摄影棚里，不然我真要犯错误。

结束了拍照，就带她去吃饭。

见她狼吞虎咽地吃着喝着，就知道她几天没吃东西了。

"所以，你这几天就是跟自己较劲，坑的是自己嘛！你以后要坑别人，对吧？"我忍不住说道。

尹素儿抬头看了我一眼，点点头："嗯！"

突然觉得，这女孩其实很单纯。

吃完饭送她回家后，我给王子章打电话，编辑了一番后这么说："我顺利地说服了她，带她出去拍照，心情好了不少。我刚刚有了个法子，你出点钱给张伊达买个照相机和镜头，让他玩摄影，跟尹素儿拍拍照，这样两人的心结会慢慢打开。"

王子章没说什么，随便说了两句就挂了，听语气没有不高兴的样子。当天晚上，收拾摄影器材回工作室后，电话响了，是赵佳佳的电话。

"告诉你一个好消息，绫濑结衣要结婚了！"

"啊？"我虽然惊讶，但没有太惊讶，因为知道绫濑结衣跟那个藤原龙也定了婚约，感觉是意料之中会发生的事情。

"是这样，龙也准备下周约绫濑结衣去巴厘岛旅游散心，但他私下跟我说，他准备了一个盛大的求婚仪式，一定很浪漫的！"

"你打电话来就说这个？"听到赵佳佳的话我很沮丧和不满。

"是呀，我发微信你也不回。"

"我在外面忙。"

"拍照吗？"

"是啊。"

"哈哈，突然想起我们在海口的日子。有空我再带绫濑结衣来哦！"

"好。"

挂了电话，心情很不是滋味。刚才差点儿脱口而出：你们别来了！

黑夜，无边的黑夜。璀璨繁华的城市，像幻境。

我漫无目的地走在街上，不知道该何去何从。我走到斑马线等红绿灯间歇，霓虹琉璃的光影下，我似乎看到一个熟悉的身影。

我好像看到绫濑结衣在车里。

再抬头往前走，我看到霓虹灯光下的人流里绫濑结衣正穿行而过。停下脚步，我看到绫濑结衣从我跟前走过。

满眼都是绫濑结衣。

王子章的电话拯救了我，不然我会因为满眼绫濑结衣发疯的。

"喂，上午我在开会没怎么听，仔细跟我说说。"王子章电话那头很兴奋。

"要多仔细？"难怪他白天在电话里嗯嗯啊啊的。

"素儿的表情呀，情绪呀，是不是真的走出来了？"王子章说道。

"怎么可能一下就走出来了，只不过情况好了点儿，不会一直憋在家里想不开。"

"这个办法似乎很好，应该扩大使用。"

"扩大？怎么扩大。"

"就是多约她出去拍照，比如去远点的地方，好玩的地方。钱嘛你放心，我给你报销。"

"叮"一声，脑袋里一盏灯猛然亮了。

"你确定！？"我有一个想法。

"当然。你有计划了？"王子章问。

"巴厘岛怎么样？"

"哟，这个建议不错。"

"明天准备，下周就过去！"

"这么快？"

"当然！"

"那这样，我们一起去。你跟尹素儿说下，我这边负责张伊达。"

"我们四个？这样可以？不尴尬！？"

"总不能一直回避问题吧？有什么总要面对的，对不对？就这么定了！我们一起去巴厘岛玩吧！"

6

一周后，我再次坐上飞机。起飞后从机舱外往看去，机场附近的景象像画布一样贴在窗口，仿如整个地面倾斜了一样。飞机在转弯。

自从那场空难后，我每次坐飞机都心有余悸，但依然会选择坐飞机，而不像绫濑结衣那样彻底依靠地面交通工具，因为我受不了长途旅行耗在交通工具上的漫长时间。有些人觉得有意思，而我并不喜欢。

一分钟后，舷窗外的景物渐渐平缓，变成一片蔚蓝的天空，地平线渐渐消失，云彩从眼前划过。"叮"的一声，机舱提示声响起，头顶的安全带指示灯一灭，空姐们纷纷从座位上站起来，钻进厨房间。

不一会儿，空姐们围上围裙推着小推车走了出来。

“请问是要鸡肉还是牛肉？”推车的空姐问。

“牛肉。”我看了下都是铝制盒包装的餐点，好奇国际航线的航空餐是怎样的。

“您好，您的牛肉套餐。”空姐把餐盒放在我胸前的小桌板上。

下一辆推来的是饮料。“你好，请问需要喝什么？”

声音很熟悉。

一抬头：“何芮？”

“是你？”何芮轻轻叫了一声。

旁边的王子章抬头看了下。

我连忙解释：“我们家邻居。”

“哦。”王子章冲何芮点点头，“很漂亮呀！”

居然还能在航班上碰到她！

“您好，要点什么？”她又重复了一遍。

“橙汁。”我说。

她倒了杯橙汁，放在我的小桌板上。在此过程中我还担心她会趁机来个手滑。还好，不是每个人都像我一样内心邪恶。

突然机身抖了一下，后排的女士尖叫了一声。然后又抖了一下。隔了几秒后，抖动更加剧烈。

机舱里响起广播告知飞机碰上气流，那些尖叫的女士才稍微平静了点，又免不了絮絮叨叨几句。

这一点气流算什么，这一点振动算什么。

对经历过空难那种恐怖振动和撕天裂地的我来说，不过是一缕微风罢了。

中途我又要空姐送一杯橙汁过来，结果送来的是何芮。她将橙汁放在餐桌板上，似笑非笑地看着我。

她离开后我拿起橙汁看了老半天，何芮会不会在里面放了鼻屎？

窗外的云海已经镀上一层红艳艳的霞光，像翻滚的橙色海浪，在太阳的余晖中徐徐向后翻滚。云海的彼端，是层次日渐分明的苍穹。

落日的凄凉感。

王子章拿着手机查资料，突然问我："你去过巴厘岛吧？"

"没去过，东南亚这些旅游点我之前只去过一次仙本那，是接了一个旅拍的单子去的，全程都在拍照，没怎么玩。"

"那要好好了解一下。"王子章突然塞给我一本旅游指南。

巴厘岛行政上称为巴厘省，是印度尼西亚著名的旅游胜地。巴厘岛距该国首都雅加达1000多千米，与爪哇岛之间仅有3千米宽的海峡相隔，面积约5000平方千米，相当于北京一半大小。巴厘岛由于地处热带，且受海洋的影响，气候温和多雨，土壤十分肥沃，四季绿水青山，万花烂漫，林木参天，景色迤逦，万种风情，享有"绮丽之岛""天堂之岛"等美称。

来此度假休闲自然不能错过那些美轮美奂宛如天堂的海滩。比如罗威那海滩，名字的意思是"蜜汁海"，由辛加拉加的最后一位酋长命名。由于海边的火山岩长期受海水冲刷，形成了独特的黑色沙滩。这是巴厘岛最宁静的海滩。

罗威那海滩还有个著名的海豚之旅。每到黎明时分，海豚就会集体外出猎食，在海滩附近的海面上翻腾海浪，十分壮观。除了欣赏海豚，还可以在近海浮潜看五彩斑斓的海鱼以及造型各异的珊瑚群……

我边看边想藤原龙也是否会选在这个海滩进行他的求婚计划。赵佳佳只是告诉了我三个备选地点，分别是罗威那海滩、金巴兰海滩和蘑菇海湾。说是藤原龙也要保留一份神秘感。

他们会选在哪里？我继续翻开其他海滩的资料，看了一会儿看不下去，便调了下座椅靠背，沉沉睡去。

醒来的时候，飞机已开始降落。巨大的轰鸣声中，机身猛地一震，我清晰地感觉到起落架轮胎与地面接触的猛烈撞击，窗外的景物飞快地划过，一股充斥耳膜的风声和轰鸣声回荡在耳际。紧接着这股声音渐渐消失，窗外的夜景渐渐清晰，飞机在跑道上减速，直至停下。

机舱里响起语音提示，安全带指示灯也亮了。飞机即将停下时，昏暗的机舱灯光一下亮了起来，有些刺眼。乘务长在广播里说请旅客们留在座位上，飞机还在滑行，有些着急的旅客已经站起身准备取行李。直到飞机停下，与廊桥对接，机舱里的旅客纷纷站起来，都在取行李。

我留在座位上不动。反正最后一个下和第一个下对我没啥区别，晚走早走都一样。

下飞机的时候，在机舱口送行的何芮朝我眨了下眼，嘴角一笑。我咧嘴假笑算是回礼。

因为买票晚的原因，尹素儿跟张伊达坐在离我们稍远的后舱，出了机舱等了一会儿才见到他们出来。

这算是自那次自杀未遂事件后，我们四人第一次聚首，场面有一丝尴尬。

还好有王子章在，大大咧咧地在那里张罗，还开起玩笑，主要是拿张伊达开玩笑。

因为张伊达兴致不太高，虽然答应来了，但总感觉他心事重重。

我悄悄问他："怎么了？难得大家出来玩一次。而且我还要教你给你女神拍照，你怎么这样，尹素儿会不开心的。"

起初我以为他依然芥蒂尹素儿跟王子章的关系。但没想到张伊达来一句："我担心拍不好。昨晚看了很多摄影攻略，但是没有相机只看理论，我心里慌得很。"

"原来你担心这个啊！有什么大不了的！"我用力拍了下他的肩膀，"放心，有我这大摄影师在，你就安心地陪你的女神吧！"

直到出了机场我还是感觉不出到了巴厘岛，迎面而来的夜晚热风让我困惑是否回到了海口。

巴厘岛，伍拉赖国际机场。

"我们住哪个酒店？"之前全程不发话的尹素儿开门问道，"你不是说要找个很好的酒店拍落日吗？"

"当然了！有我们王总在有什么办不到的！"我推了下旁边的王

子章。

王子章松了下衬衣的领子，嘴角一咧，"早安排好了，最好的酒店。"

他说的是巴厘诺富特毕诺瓦酒店，不过位于努沙杜瓦海滩。

"原本订的是金巴兰海滩的酒店，我知道那里落日拍照好，可是附近的酒店都被一个土豪包下了。"

王子章在旁随口解释。我耳朵一竖。

哦！金巴兰海滩附近的酒店全被包下了？一定是那个藤原龙也，原来他准备在金巴兰搞求婚仪式！

没多久我们到了酒店，进了各自的房间。热带风情的房间风格让我眼前一亮。王子章很大方，每人一间房。

因为到得晚，我们四个人在酒店随意吃了晚饭，就各自离去。我远远看到张伊达畏畏缩缩地跟在尹素儿旁边想说什么。王子章拉了一下我，"让他们单独相处一会儿，有些事他们自己来，比我们旁人要好。"

"王总。"

"怎么了？干吗这么看我？"

"如果你跟尹素儿不是那种关系，此刻我一定很感动！"

"不要这样嘛！都一样的。"

跟王子章闲聊几句后，我一个人到酒店大堂，正好发现有一个华裔服务员。他叫阿宇。我先给了点美元做小费，让他做向导今晚带我去金巴兰海滩，许诺过后再给他一点小费，他很乐意地接受了。

"您错过了时间，这个时候去海滩看不到什么。"服务员阿宇很友善地告诉我。

"我的重点不是看海。"

"啊！那你一定是为女人而去的！这个季节一些酒店门口总会有一些不错的单身姑娘等着你们。"阿宇的喋喋不休让我大感后悔找错了人。

我从兜里翻出一张二十美元塞给他说："可以安静点吗？我头疼。"

"谢谢。"阿宇识相地收好钱。

然后真的安静下来。他是故意的吗？

我们来到金巴兰海滩已是夜里十一点，海风习习，透着一丝凉意，夜空晴朗，弯月明亮，是个浪漫的好时候。

金巴兰海滩位于巴厘岛的南部，是整座岛屿最浪漫的一片海滩。这里原来还是一个小渔村，酒店度假村盖起来后，世界各地的游客纷沓至来。这里虽然经过现代商业开发，却依然保持着浓厚的原始风情。夜晚我无法欣赏到金巴兰海湾的美景，只能期待第二天日落时候再来欣赏这个著名的日落海滩。

"要全面欣赏金巴兰，您需要在下午五时前来到这里做准备。当然，距离日落时间尚早，您可以先欣赏一下这里一望无际的美丽海岸线。脱掉笨重的鞋子，和您的爱人一起赤脚漫步细软而光洁的海滩，用脚掌的触觉去感受柔软的沙子带来大自然的清新气息。沿着海边慢慢散步，看着层出不穷的海浪，在温馨的浪漫中等待日落的来临。"

我打断阿宇滔滔不绝的介绍，问道："你能打听一下包下这片海滩全部酒店的客人住哪个酒店吗？还有一位美丽的女客人，她住哪里。"我把身上的美元全都塞到阿宇的口袋里，"拜托了。"

"我有个堂弟在附近的洲际酒店上班，他朋友多，我可以问问他。你等等。"阿宇拿出电话拨通号码。

借着这段时间，我抬头看着夜景中的金巴兰海滩。漫长的金巴兰海滩，一排排灯火通明的酒店建筑群悄悄地融入海滩的夜景之中，让人感受不到一丝现代文明的喧嚣，反倒充斥着原始文明的气息。

过了十几分钟，终于来了好消息。

"那里。"阿宇指着不远处的酒店，"住在阿雅娜度假村的悬崖别墅里。"

悬崖别墅？

这酒店远看不出什么，但到酒店的路真让人有种如临深渊的感觉。

我跟着阿宇进了酒店大堂，正四处张望寻找绫濑结衣，没想到真的碰到她，但她旁边多了一个人——应该就是藤原龙也了。他个子中等，有点拘谨，倒八字眉，凤眉眼，嘴角紧闭，跟印象中的平成宅男相去甚远，更像日本的传统舞台剧演员。

"唐泽，怎么是你！"绫濑结衣一下子认出了我。

"结衣！这么巧？！"我装作很意外的样子。

"请问这位是？"旁边的藤原龙也走了上来。想不到他也会汉语，不过说得不好，口音很重。

"这位是唐泽先生，海口的唐泽先生，我在海口时多亏他照顾。"绫濑结衣介绍道。

"噢！你就是唐泽！"藤原龙也恍然大悟，"非常谢谢你在海口照顾了结衣。"

一开始还以为他会带着敌意。

其实我想多了。他的表情像见到了某个路上遇到的产品推销员，非常应付地跟我握了下手，然后用日语跟绫濑结衣说了起来，大概意思是不要再跟我聊天了，该继续他们自己的事。其实就是让我早点滚蛋。

绫濑结衣倒没藤原龙也那么没礼貌，转而说："这位是我朋友藤原龙也。我们正准备出去见个朋友，明天我们找个时间见一下吧。"

当绫濑结衣这么一说"明天"的时候，旁边的藤原龙也眯了下他细长的眼睛，略带寒光，突然插话进来，"唐泽先生，明天我和结衣有一个更重要的事，我改天请你吃个饭好好感谢一下。好了，我们要走了。"

"龙也，唐泽先生——"绫濑结衣跟我一样觉得藤原龙也过于唐突，正想说什么，却又被打断。

藤原龙也打了个响指，指着我说："对了，我怎么才发现，这酒店我已经包下来了，唐泽先生怎么会出现在这里，旁边还带着别的酒店的服务员？"

"我刚到巴厘岛，让人带我四处转转。"

"这么晚有什么看的？"藤原龙也看了下表又问我。

旁边的绫濑结衣连忙说道："唐泽先生是摄影师。"

"呃？摄影师。"藤原龙也又眯起眼睛。

阿宇在旁见势说道："唐泽先生，时间晚了，我们还是回去吧，不然回去的路不好走。"

"我让人送送你吧。"藤原龙也打了响指。

旁边一个保镖模样的人走上前。

"龙也，不要这样！"绫濑结衣站到我跟他中间，"唐泽，我送你出去吧。"

藤原龙也见这样脸上都快气炸了。

我被绫濑结衣带到酒店外面，阿宇一路小跑去开车。趁着这段时间，我们聊了起来。

"你来巴厘岛拍照吗？"绫濑结衣问。

"是呀，还跟几个朋友。"我说。

"有模特吧！"她微微一笑。

"当然，不过，这模特不是我的。"

"不是你的？"

"这个说来话长，改天有机会慢慢告诉你。"

"希望有机会。"

"怎么叫希望？明天我不忙时就约起来呀，你电话要接呀，还是你换电话了？"

"很抱歉唐泽，我，我不太想被人打扰。所以，很多时候电话和微信我都没看。"绫濑结衣低下头。

"没事啦!"我笑道,"你没事就好!"

"嗯,我们会在巴厘岛待几天,如果你有时间我们就再见面吧!"绫濑结衣抬头微笑道。

"你明天有很重要的事吗?"我朝酒店大堂里看了下。

"没有呀,龙也没跟我说。我也是刚刚知道的。"

"哦,是吗?"我立即明白了,所谓的求婚仪式就是明天。

阿宇把车开来了。

我上了车,跟绫濑结衣道别。她站在路边等我们的车远去,我从后视镜看着她的身影一直站在那儿。

一直默不作声的阿宇突然说道:"你喜欢她?"

"啊!"

"你喜欢她?"他又重复了一次。

"你怎么知道我喜欢她?"我问。

"而且她也喜欢你。"

"瞎说。"

"不,我从你们俩互相对视的眼神里看出来的。只不过你喜欢她多一点。"

"为什么?"

"因为你大老远跑来,就为了见这个女人。"

"什么啊,我是来拍照的好吗?模特还在酒店里呢!"虽然被说中了要害,但嘴上还是死不承认。

阿宇没继续在我这边绕弯子,而是说:"她也喜欢你,但是身边有一个很有钱的人。"

他说了另一个更要害的事情，也更让人烦恼的事实。

远处，海浪轻缓的涛声。天空，皎洁的明月悬挂在夜空。近处，海风吹拂，头上的椰子树枝叶沙沙响着。烟头飘散着淡淡的烟草味。

回到巴厘诺富特毕诺瓦酒店，我进了自己的房间，爬上床沉沉睡去。

第二天一大早，我让阿宇再次带我来到金巴兰海滩。看到海滩的第一眼，我以为我来错了地方，或者以为昨晚去了另外一个地方。白天和夜晚的海滩仿如两个世界。一眼望去，海水清澈湛蓝，波浪委婉而有力，海滩结实而又平坦，海滩与沙滩界线分明，沙滩宽阔而又厚重，沙子细腻而又温暖。

这里是很美，昨晚就想着来看看白天的样子。

在这里可以看到远处的悬崖酒店，绫濑结衣住的酒店。看着酒店的方向，我突然发起呆来。

"我听说今天傍晚的时候金巴兰海湾会有一个神秘的仪式，我猜应该是那个有钱男人打算对你喜欢的女孩表白的活动。"阿宇告诉我。

"确定吗？"我把二十美元塞在他的手里。

"确定，朋友。"阿宇毫不客气地收下美元，"你打算去看看吗？"

我想说去看，但话到嘴边是："算了。"

今天很多事。

首先要陪王子章、张伊达和尹素儿去拍照，然后何芮还要来找我，她正好在巴厘岛待一天。

最后还有绫濑结衣的事。

全在一天排满。

早上的行程当然是为尹素儿安排拍照，当然重点是让张伊达给尹素儿拍照。

今天是个好天气，蓝天白云，加上巴厘岛得天独厚的自然景观，构成一幅拍大片的背景。

我为此带来了最好的设备，5D4 相机和几个人像专用镜头。

拍照地点就是金巴兰湾，我和阿宇早早就等在这里，王子章他们姗姗来迟。

不过还好，太阳还没高照，现在的光线和温度依然适合拍照。

"别紧张，入画，对焦，按快门，构图问题后期再修补。总之，别拍糊了。"

张伊达还是太紧张了。

拍了几张后，我看相机预览的相片效果，不是很满意，对张伊达说："手要拍进去，不然手在下面就截了上面，看照片都不知道手在下面干什么。你现在定好焦距，往后退一步。"

尹素儿今天非常有耐心，安静地靠在一棵小树边等我们调整好。

她今天穿着一件白色连衣裙，妆容也比较清纯，比较规规矩矩，不像上次那么低胸妖艳性感。如果像上次那样，张伊达这一天都拍不好照了。

我退到一边，让张伊达继续拍照。拍完一组，尹素儿换到旁边的树丛里拍，坐在地上，后面是金巴兰碧蓝的海湾。

张伊达渐入佳境，尹素儿也已经陶醉其中，两人越来越合拍，张伊达快门一按完，尹素儿马上换姿势，姿势角度一摆好张伊达马上按快门。两人的默契度非常高，非常合拍。

我颇为惊讶，我摄影那么多年，能有这种默契度至少要拍三次以上。尤其是对张伊达这种第一次实战的摄影师来说，简直让人难以置信。

也许这就是命中注定的缘分？

俩人渐渐不需要我在旁指导，自己找地方拍起来，越拍越远，有说有笑。

我远远看着正准备走上前，突然被人叫住，回头一看是王子章。他已经悄悄走到我身后。

"还不错。你的办法很棒。"

"只要有共同的东西，就能增加感情。尤其是摄影，拍着拍着很容易拍出感情。"

王子章抱着手，长叹一声，"真羡慕啊，早知道当年就玩摄影了。"

"现在也可以啊。"我笑道。

"算了。唐泽，谢谢你。"

"谢什么呀，能看到他们这么好，都是值得的。"

接着要转战下一个拍照场景——天使之池。那里我看过许多摄影师拍的照片，配上尹素儿这种超模，绝对出大片。但我没有跟去，而是将设备交给王子章，独自离开。

因为何芮找我。

其实我可以拒绝她的。但一想到回去后有一些摄影题材需要她做模特，想来想去，再加上张伊达已经渐入佳境，正如王子章说的："让他们自己来吧。"

所以我还是决定离开，带上备用相机，赶往跟何芮相约的地方。

昨晚我问她："我们约在哪里见面？"

"在乌鲁瓦图断崖。"她说。

"断崖？"

没到过这里的人对这些地名一头雾水，何芮似乎来了不止一次，相当清楚。

乌鲁瓦图断崖又称情人崖，位于巴厘岛最南端。乌鲁瓦图断崖成名是因为名称背后的一段凄美的爱情故事。传说当地有对门户不当的青年男女相恋，女方的父亲是村长，不允许女儿下嫁布衣，两人的爱情没有结果，绝望之下在乌鲁瓦图断崖相拥投海殉情。

"真是不吉利的名字啊。"我啧啧道。

等车到了断崖边，我不得不赞美它的景色。

乌鲁瓦图断崖的确像它的名字那样，一块崖壁直直地插入大海，那海水蓝得根本分不清和天空的界线，和旅游指南上的图案一模一样。

崖上有个玻璃教堂，旁边的咖啡店里不少游客在喝饮料吃饭。玻璃教堂其实就是一座小小的玻璃房，可以面向大海举行婚礼，我在想，如果藤原龙也求婚成功，是不是打算在这举办婚礼，而不去金巴兰海湾。

话说回来，对摄影师来说，这的确是个不错的拍照之地。我远远看到不少摄影师带着自己的模特在那里旅拍。

不过看上去模特都一般。

因为我有何芮。

今天何芮穿着一件小吊带夏季花纹短裙，白皙的长腿在蓝天和阳光下格外耀眼夺目，再配上一个小草帽，非常文艺范儿。

虽然心事重重牵挂着绫濑结衣的事，但何芮这种女孩天生就有一种吸引摄影师的独特魅力。

她往那儿一站，就使我的相机饥渴地操控我举起双手按动快门。

拍着拍着，我眼角余光看到了熟悉的身影。

绫濑结衣！

当然，还有讨厌的藤原龙也。

"结衣！？"何芮惊讶地喊道。

"何芮！"绫濑结衣欣喜地笑道。

"唐泽先生。"藤原龙也很没好感还带着怨气地打招呼。

"哦，藤原先生。"我更没好感地回应。

四个人就站在断崖的一处走道上聊了起来，当然聊天的主角是两个女生。互相嫌弃的我和藤原龙也在旁默不作声，最多偷偷不满地看对方一眼。

"真是好巧啊！"

当绫濑结衣这么说的时候，我心虚地观察着何芮的表情变化，她似乎没有怀疑到我。

不过以我对她的了解，她迟早会发现的。

"我明天就要走了，等你来海口找我玩啊！"何芮结束了聊天，就拉着我到一边继续拍照。

我跟绫濑结衣道别的时候，想起阿宇说过的话，多看了她一眼。

的确，绫濑结衣也在看我。

傍晚，巴厘岛金巴兰海滩。

临近傍晚时分，沙滩上摆好了一排排桌椅，服务员紧张地忙碌着。沿着海滩的酒店群在海浪的拍打声中，准备迎接日落的美景。一片绵延的沙滩南北无限地伸展开去，面对着广阔无边的印度洋，中间没有树丛的阻隔，没有远山的干扰，连小岛也没有一座，极目远眺，最远处便是水天相接的火烧云和下坠的夕阳。

六点开始，一轮又红又圆的落日，宛如一盒珊瑚红的胭脂，温柔而暖昧，既充满了热量和力道，又蕴含恬静之美。很快，夕阳碰到海平面，仿佛有一道亮光在分割，眼前满是色彩，淡金色中勾兑着黄和红，闪耀的"金粉"散落在茫茫苍穹，如幻似梦，映红每个人的脸颊。

美丽的东西总是那么容易流逝，如昙花，如流星，如青春，如落日。很快，夕阳带着留恋，慢慢地沉入印度洋中。此时，绚烂的彩霞、纯净的天空、宽阔的海面、海上归航的渔家八角船，以及沙滩上烧烤的烟雾，构成了一幅动人的风景画。

海滩上香气四溢，燃烧的椰子壳慢慢地烤制着海鲜，海鲜的香味带着淡淡的椰子味。鱼、龙虾、蚌壳、螃蟹、鱿鱼，在烛光之下各自散发着诱人的香味。

乐队已经悄悄就位，不时地弹奏几声乐器，那是在试音。

此时，海滩、夕阳、渔船、烧烤、乐队，构成一道独特的景致。巴厘岛的落日美景即将结束。

"这是在干什么呀？"尹素儿光着脚丫，提着高跟鞋踱步在海滩上，海水轻轻地拍打着她的脚面。她边走边侧脸看着缓缓落下的夕阳。

张伊达看得出神，王子章努力不看。

跟何芮在断崖拍完照后为了不引起她怀疑，我带着她来跟王子章一行碰头。因为那三个人里核心是尹素儿，而尹素儿又属于内向型。

大美女何芮的到来没有引起王子章和张伊达的太多关注，于是我和何芮在旁继续拍照聊天。

傍晚时分，苍穹开始勾勒出黄昏最后的绝美色泽，无数道火烧云拖着长长的尾巴连接天际，仿佛就要跟夕阳一起被拽入海里，天空的色泽也由浅至深向远处蔓延，直到天际的尽头。

突然，尹素儿的问题抛过来，张伊达马上说："那边应该是派对！"

"当然是派对，只是要干吗的派对。我听说整个海滩的酒店都被包下来了，应该是那个土豪搞的。"王子章抱着手说道。

何芮走到我旁边："去看看吧？"

"算了，别去了。"我心里是抗拒的。

一想到绫濑结衣被求婚，然后点头答应，我就很伤感。

"去看看吧。"尹素儿发话了。

女神发话了，张伊达立即跟进："走！走！过去看看！"

王子章也过来推下我："走吧。"

何芮也拉着我："走咯！"

就这样，我非常不情愿地跟着他们走到会场边。然后被工作人员拦住，跟我们一同被拦住的还有其他几个游客。

对方说围观可以，但不要拍照。

"那不是结衣？！"何芮突然喊道。

大家纷纷看去。

绫濑结衣穿着一件白色的礼服走到海滩铺设的舞台上，接着我们就看到藤原龙也正拉着小提琴向她缓步走来。

悠扬的小提琴声回荡在海岸线上，伴着轻缓的波涛声，温柔地迎着夜色的到来。

"好好听。"何芮说道。

夕阳消失在海平线后，夜晚便迫不及待地降临，头顶的苍穹渐渐昏暗。现场的篝火被点起，沙滩上的电灯也渐次亮起。柔和倦懒的灯火撩起一股浪漫的气氛。我不得不承认藤原龙也在这方面很别出心裁。

这时绫濑结衣看了过来，朝我微微笑了笑。

突然，奏乐停下，藤原龙也走到绫濑结衣跟前。

单膝跪下。周围闪光灯咔咔响起，除我之外，还有别的摄影师——花大钱请来的专业摄影师。

藤原龙也用日语深情地对绫濑结义诉说，旁边的赵佳佳慢慢靠过来给我们翻译："结衣，今天是我的生日，是我人生很重要的日子。谢谢你能陪我度过如此重要的生日。"

何芮悄声问："难道是？"

"是什么？"

"求婚吧？"尹素儿突然说。

王子章在旁欲言又止，倒是张伊达对她说："她没你漂亮。"

这时候一个工作人员很礼貌地朝我们做了个嘘的动作，让我们安静点。

藤原龙也停下了奏乐，将小提琴递到一边，一位随从立即递过来一大束花。

"结衣。"绫濑结衣的日语名字我听懂了，藤原龙也抱着花深情款款地说着我听不懂的日语。但应该是那种比较肉麻的表达语句，不翻译也罢。

绫濑结衣脸上温柔一笑，对藤原龙也说起汉语："谢谢你。能认识你真好。"

在场听懂汉语的人都一愣。

藤原龙也从口袋里摸出一个物件。时间似乎过得很慢，他的动作像被放慢的镜头一样，缓缓地抬起。耳边传来何芮似远似近的声音：

"喂，喂！"她紧张得快要尖叫起来。

藤原龙也只顾着掏戒指，抬起头想看绫濑结衣惊喜的表情，但绫濑结衣没有他预想的那样出现兴奋、喜悦和激动的表情，而是一脸淡淡的微笑，她说："谢谢龙也。那句话上次我已经说过了。很抱歉，我不能接受你。"

就这样，绫濑结衣用汉语拒绝了藤原龙也的求婚。

在场的人都很懵圈。尤其是听懂汉语的，为什么说着日语突然说汉语呢？

"难道是说给我们听的吗？"事后回去路上王子章这么说道。

回到酒店后，大家似乎还在想着求婚的事，何芮没有那么八卦，自己拿着手机坐在那里玩。

从海滩回来后，我就久久不能忘记绫濑结衣离开海滩时默默地看着我的样子。她好像有什么话想说，到嘴边又咽了回去。

还有，我看到藤原龙也脸色如死水一般，我想应该不只是死心，还有愤慨吧。记得他看我的时候，是有点愤怒。你被拒绝为什么怪我？我什么都没做，真是冤枉。

张伊达大概是拍上瘾了，拉着尹素儿在酒店大堂靠近泳池的方向拍照。我不知道那地方能拍出什么，不过给了他一个 85 的定焦镜头，拍妹神器，尹素儿又那么好看，随便拍拍，总会有那么一两张可以出片的。

"这样拍能好看吗？"王子章也在旁边问。

"人像摄影的一个核心奥秘就是模特一定要漂亮，漂亮！"我解释道。

"这么说很有道理啊。"

"今天在金巴兰那些照片，换一个丑的，按张伊达那种水平，你觉得会怎样？"

"我觉得是惨剧。"

我们相视而笑，伸手击掌。

这时候张伊达屁颠儿屁颠儿地跑过来，跟我说："我们想去房间里拍，但素儿说我这镜头拍不了室内。"

"你们要拍室内？"我一愣，又看向默不作声的素儿，"你提议的？"

"是呀，我觉得这景不好，光线也不好，房间光线亮一点。"张伊达说。

"好吧，我给你换个35的定焦。"

等他们走后，王子章凑过来问我："到房间里拍？不会是做那个吧？"

"你觉得以张伊达的为人，可能吗？"我反问。

"不太可能。"

"但真够羡慕的。"

"什么？"

"一般只要进了酒店客房拍，都会拍成私房，就算张伊达这货什么都不做，都能大饱眼福。"

"你拍过吗？"

"当然。"

"感觉如何？第一次拍的时候。"王子章问。

我想了下回答："就像第一次破处时一样，紧张，不安，又兴奋。"

王子章还想说什么，手机响了，他就起身接电话去了。收回目光，我才发现何芮在看我。

"色狼。"何芮骂了一句。原来她刚才都听到了。

"这是艺术好吗？！"

"你一定动机不良！"

"怎么可能，这是工作，我是当作一个作品来看待的。怎么会多想呢。"

"你把持得住？"何芮似笑非笑地看着我。

"当然，而且！而且我没拍过那种全脱的，最多就是睡衣之类的！"

"哦！是吗？不信！"

"我骗你干吗！回海口我还想找你拍呢。"说话之间一不小心将之前的想法说漏了嘴。

"你还想找我拍！"何芮睁大美丽的眼眸看着我，"你想什么哪？"

"哎呀，是你想什么才对。就简单的房间里穿个休闲衣服拍照，日系写真那种。"

"什么尺度呀。"

"就正常尺度啊。最多小吊带。"

"我正好有小吊带背心和一条短裤，那就现在拍吧！晚上也无聊！"何芮突然提议。

让我吃惊和意外，她为什么这么主动要拍私房？非常不科学。因为大多数女生对男摄影师拍私房照都很抗拒，一般要很熟悉，心理疏导后才能开拍。当然，有极少数经验丰富的就不会那么麻烦。

当我还没反应过来的时候，何芮已经起身拉我。

正好看见王子章拿着手机站在那儿看着我们，愣愣地把头别过去，"突然想去吃点什么。"

突然发现今晚的王子章很可怜。

到了我的房间里，何芮自己就进了洗手间。我在房间里等着，手上拿着相机不知是坐还是站，明明这是我的房间。

然后心跳起来。

这感觉怎么那么熟悉。

紧张，不安，还有点兴奋。

跟第一次破处，第一次拍私房一样。

何芮出来了，穿着白色小吊带和深蓝色牛仔裤，白皙的大长腿在客房的灯光下耀眼迷人，曲线窈窕的肩膀和手臂在我眼前轻轻摆动。她解开盘在脑后的长发，轻轻甩一下，让头发垂落，正好遮住了胸前的事业线。

我忍不住吞了下口水。

"你这表情很搞笑。你确定之前拍过吗？"何芮扑哧一笑，自己就上了床。

她上床的动作像只小野猫，腰压着屁股翘着。

这一动作，让我赶紧双腿一夹，赶紧跪下装作检查设备："你等等，我看下相机……"

"哈哈！你怎么了呀！"何芮像恶作剧得逞的样子看着我。

"不是，不是。我好久没拍了，在想着怎么拍。"

"那就拍咯！"何芮向我伸出手指。

一瞬间，有种理智堤坝被精确制导炸弹炸毁的感觉。

然后。

咚咚咚！

敲门声！

我怒吼道："谁啊！"

"唐泽救命啊！"张伊达在外面喊！

"救什么命！"我怒气冲冲地拉开门，"你又把尹素儿怎么了！？怎么找我不找王子章啊！"

"当然找你了！你看相机没电池了！"张伊达双手捧着相机递过来。

接过相机我看见何芮走到我身后，然后轻快地转入洗手间，留下一句话："我困了，回去睡觉了。"

"你们……"张伊达眨着懵懂的小眼睛看着我。

回到海口已经是两天后的事情。

"你在哪儿？我肚子都饿了！"何芮的电话像闹钟一样准时打来。

她之前说飞完夜班休息一下就找我吃饭，说要好好聊下绫濑结衣的事情。

因为赵佳佳在微信群里说绫濑结衣在巴厘岛拒绝藤原龙也求婚后又失踪了。

"我刚忙完，你想在哪儿吃饭？"

"上次那个海边烧烤店。"

"那家？你自己先过去吧。"

"你不来接我？"

"我这边塞车。"

"哦！好吧。快点来哦！"

何芮一见到我就问："你后来又见到结衣了吗？"

"没有啊，为什么你这么问？"

"不是担心她吗？你之前说她得了 PTSD 的，现在拒绝了婚约又下落不明。"

"拒绝就拒绝了，有什么呢？"不知道为什么每当说起绫濑结衣拒绝藤原龙也的求婚，我心里就一阵暗爽。

"那个人那么有钱，她一定很幸福！"

"喂！你们女孩子别那么物质好吗？什么叫那么有钱一定幸福啊！"

"你吃醋了？"

"去你的！什么吃醋啊！"

"我现在很怀疑你出现在巴厘岛的动机！"

"你瞎说什么啊！不是告诉你了吗？你也看到了，是为了张伊达和尹素儿，我和王子章才决定去巴厘岛的。碰到他们是巧合，包括碰到你。我还怀疑你怎么会出现在那个航班上！"我立即倒打一耙，还好她不知道那晚我带着阿宇出现在悬崖酒店里的事。

"你真能扯！行了，不跟你扯了！"何芮抓不到什么把柄，只好转移话题不再纠缠，"现在结衣到底什么状况呀，到处乱跑，PTSD一发作想不开怎么办？"

"是啊，我也很担心，万一想不开怎么办？"早知道那天我不该跟着何芮离开，而是去找绫濑结衣。

但找到呢？找到交给谁呢？或者把她带回海口？

"为什么她不老实待在家，或者家人看住她，让她四处乱跑？"

"她的家庭情况比较复杂。她出来可能会好点，她跟藤原龙也的纠结也是她的原生家庭造成的。"

"对了，以前听你说她那个准男友死在空难里。那人是谁？长什么样？你见过吗？"

"谁去了解这事呀，逝者已逝，不用再去打扰了吧。"我觉得何芮真够八卦的。

"她得 PTSD 应该是空难和男友过世的双重打击造成的。"何芮说道。

"那当然了，换谁都会如此。"我回答。

"还好你没有。"何芮忧心地看着我，"你确定你没有吗？平时装得挺坚强。"

"呸呸，你胡说什么呀！？怎么会有！你想多了，你看赵佳佳都好好的呢，还继续当空姐准备当乘务长了。"

"不一样啊，你当时都抛到海里了，你周围的人死了不少。"

"是啊。"我点点头，想起那个邻座的留学生。

他叫什么来着？

"你怎么了？"

"我一下想不起跟我邻座的那个留学生。"

"他怎么了？"

"死了，我看到他漂在海面上。"

"你还记得。那回想起来不是很难受？"何芮问。

"当然会。"我抬起手阻止何芮，"他叫什么名字？"

我好像漏了什么，除了名字，好像有什么重要信息漏掉了。

"你怎么了？"何芮在我跟前晃晃手。

我挡住何芮的手，让她别打扰我。"让我安静下，我想想那人叫什么。"我眯着眼看着桌面。

那天空难的场景再次在我眼前浮现。

机舱破裂，人和座椅以及各种杂物在开始破裂的机舱里飞舞，眼前一片破碎。

我眼角余光看到我旁边的年轻人拉住了我，一块巨大的碎片从我身边穿过，夹着飞舞的血水。

然后，我感觉自己被机身的扭动拉扯，然后那个年轻人奋力地把我往旁边一推，自己则被卷入海水和碎片的漩涡当中。

"是他救了我。"我喃喃自语。

"谁？"何芮听到了。

"我隔壁座的，他救了我。但我想不起他的名字了。"

"可以查查的。"

"不，除了名字想不起来，好像还有一个感觉很重要的事情想不起来。"

"你不会也得了 PTSD 吧？"何芮忧心地看着我。

"去你的，什么 PTSD，你先查查什么叫 PTSD。"

"那也可能是失忆呀，会不会伤到脑子没注意到？"何芮的紧张一半看似认真一半看似装出来的玩笑。

"行了行了，你别乱说了。安静下，让我想想。"

我总感觉我忽略掉了什么细节，难道我也因为那场灾难出现了一些记忆缺失吗？

跟何芮的饭很简单就结束了。在回去的路上，我们聊起了摄影的事。

"那天没拍成私房，可不可以继续啊？"这事情一直悬在我心头，一想起那天何芮在床上小野猫的姿势，我就难以控制自己的大脑回路。

我甚至怀疑说出这句话不是我上半身的决定。

"现在吗？"何芮看了下窗外，"天都黑了。"

"工作室有足够的打光。"

"你那破地方能拍？"

"旁边有休息室，可以拍。"我感觉大脑被一股热血淹没，已经无法冷静思考，完全处于失控状态。

"那就去咯，反正我明天休息。"

话音刚落，我轻踩油门，加快车速，超车，压着超速的速度。十分钟后就到了工作室楼下。

"走！"我下车说道。

"应该先回我家，我没衣服。"何芮说。

"我有。"

"啊？"

工作室是一栋老式楼房改的，三房两厅，有个房间是我平时不回家休息用的，有床有衣柜有书桌，构成一个最基本的室内私房场景。

至于为什么有衣服，是之前有模特在拍艺术照时候留下来的，但模特没穿，算是全新的。

打开包装袋，拎在何芮面前，立即受到何芮鄙夷眼神的注视。这是件白色的低胸吊带裙。

何芮这大长腿身材一穿，必然出片。

"你这是预谋很久了吗？"何芮一副很有敌意的眼神打量着我。

"没有，以前拍照时候给别的模特买的，但没用到，所以一直放着，全新的。"

"有点……"

"性感吗？不会！是很漂亮！"

"你真能说！"

半推半就下，何芮进洗手间换衣服，我在房间里搭建灯光设备。这次没有像巴厘岛那样陷入紧张的境地，当然还是有些紧张和不安，心跳还有点快，但兴奋更多，已经多到冲昏了头脑。

洗手间房门打开了，何芮倚着半个身子出现在门边，吊带裙似乎有点小，裙摆正好盖在大腿根部，小内裤隐约可见。

何芮不自觉地拉了下裙子。

我稍稍调暗了下光线，让她不至于紧张。

但我紧张，紧张到了喉咙，说话都颤抖了："开、开始吧。"

"怎么拍？"

"就，就按照那天你床上的动作。"我想起巴厘岛那晚房间的场景，再看眼前的场景。

我感觉鼻头直冒热气。鼻血似乎要喷出来了。

"哦。"

何芮弯腰爬上床，低胸露出的丰满事业线首先击垮了我的第一道防线，跪趴在床上下腰的动作击垮了我的第二道防线，因为裙子太短屁股太翘，裙摆下露出的小内裤击垮了我最后一道防线。

我放下相机。

"何芮——"

我爬上了床，扑倒了她："你真是妖精。"

第二天，我睁开眼，窗外的阳光洒在我身上，还有旁边何芮洁白的臀部上。

不知道为什么，我居然有一丝罪恶感，还有愧疚。

等我从洗手间回来，何芮拿着昨晚那件吊带裙捂在胸前从我身边走过，拿上客厅的衣服再走进洗手间里。

过了好久她才出来，时间久到我从楼下买了早餐上来。

吃早餐时，我们低着头，默默无言。

我想这不是办法，难道吃完以后大家就因为昨晚的尴尬不再相见吗？

最后我开口打破沉默："昨晚，你好凶，我脖子都被咬了。"直面昨晚的情况又带点幽默。这是我想了半天想到的，说出的时候我已经做好防御准备。何芮停下动作，抬头看着我，这动作停顿了有五秒。

她突然扑哧一笑："你一定早就计划好的！"

"没有啊！真的！"

"去你的！大色狼！"何芮将一块面包屑丢到我脸上。

我回丢一块。

然后是餐桌大战。

接下来一整天，除了餐桌大战，还有别的大战。

大战之后，我休息了整整一天，何芮又要飞国际了。

登机前我俩聊着语音，挂机后我百无聊赖地在工作室里整理摄影资料。

无意间，看到了绫濑结衣来海口时我偷拍她的照片。

回想起绫濑结衣突然出现在这里的一幕幕。

她第一次出现在海口是在棒球场。

棒球场。

棒球。

眼前的一盏灯突然亮了起来！我想到一个人。

我立即在网上搜索。

果然没猜错。

日本棒球队跟中国棒球队第三战在广州进行。她去了广州，果然是看比赛。

她要么是个疯狂的棒球迷，要么就是那个山下健次的超级粉丝。

但看绫濑结衣怎么都不像个狂热粉丝的样子。于是我找了一个以前在上海认识目前在日本的朋友查了下这个山下健次。那边很快将翻译过来的资料发给我。

都是一些公开的资料和八卦新闻，实在看不出跟绫濑结衣有什么交集。记得她说家在京都，而这个山下健次是大阪人，高中也在大阪，因为全国高中棒球赛成名然后加入职业队。两人在不同的城市，一个在日本关东地区，一个在日本关西地区。相当于一个在中国华北，一个在中国东北。

而且山下健次年龄也比结衣大好几岁，也不像在高中时代认识的。也许是工作后认识的呢？

很不巧，这个山下健次一直是另一家航空公司的代言人，而且还是 JNA 的竞争对手，工作上认识也不太可能。就算是坐飞机应该也不会坐 JNA 的飞机。唯一的可能就是私下里认识，但是这个年少成名的大明星在镁光灯下，也查不到他私下跟航空业人员沾边，倒是跟娱乐圈的女明星有不少绯闻。

看来真的是单纯追星了。

于是，陷入困顿中的我抓着头发看着电脑屏幕上的中日棒球联赛的电子海报。

也是奇怪，这海报我总觉得在哪里见过。

早在王子章给我门票时我就觉得票面设计有点眼熟。会不会是我曾经看过有印象的差不多的东西，所以产生错觉呢？

正苦恼的时候，老妈进房间告诉我明天有个聚餐，叫了几个朋友，包括何芮的父母和她本人，要去海口附近的渔港开包厢大吃一顿，要我明天哪儿都别去。

在渔港吃饭的时候，除了我和何芮，还有两三个同辈的年轻人，大家吃完饭早早就去渔港附近看日落，边看边聊。

轮到我和何芮单独在一起的时候，我把昨晚的困惑随口说了下。还说了下邻座那个留学生的事。

何芮直摇头说："你都快神经病了。你干脆去问旅客名单不就好了。你不是说还有个什么外交官吗？"

"对啊！我怎么忘记了！"我高兴地摸了下何芮的脑袋，"还是你聪明！"

"讨厌！别趁机'吃豆腐'！"

"我找他问一下，我记得留有电话。"

那个人叫刘洋，还好我备注了。电话很快就打通了，他也记得我，他一开始以为是赔偿的事宜，待我说清楚后他告诉了我那个留学生的名字："李双。"

"还是学校什么协会的理事长。"我依稀记得他在飞机上的自我介绍，以及飞机遇险时候的讲解。

"航空理事协会，好像叫这个。"刘洋在电话里想了下回答。

"他懂得很多，还是另一个协会的副会长还是会长。"

"嗯，没错，我记得这孩子。人很优秀，唉，太可惜了。而且爱好也广泛，听说很会打棒球，在国内棒球圈也小有名气。"

"棒球？"

"是啊，在日本就参加留学生组织的棒球赛，实力很不错。还交了个日本女朋友，叫什么来着，我看到过名字，好像也在飞机上。"

"能查下吗？"

"可以是可以，你为什么要问这个？"

"因为在飞机迫降时候，他救了我。如果她女朋友还活着，我想当面道谢。"

"那需要点时间，等我消息。"

挂断电话后我看向何芮。

"怎么了？"何芮问，"看你一脸如释重负然后又疑虑重重的样子。"

"我想起为什么中日棒球赛门票那么眼熟。"我回答。

"跟那位留学生有关？"

"是的，他叫李双，在飞机上时我看到他不止一次拿着一张海报来看，那海报就是中日棒球赛的官方海报。"

"原来如此……"何芮叹气道。

"是啊，唉。他救了我，在很短很短的时间里，救了我两次。"我看着渐渐黑暗的苍穹。

夕阳留下的最后余晖正一点点地消失。渔港的鱼排和树林在微弱的光线中只剩下一个个黑色的剪影。

何芮拍了拍我的肩膀说："好了，别再想那些不开心的事情了。越想越心烦。"

吃完饭后，何芮跟父母回了家，而我先赶回工作室。

因为王子章说要见我，很着急的样子。从巴厘岛回来就没见过他们了。

他早早就来到了工作室门口，路边停着他的越野车。见到我他把烟头往旁边垃圾桶一扔，甩了下头，"走，聊一下。"

我们来到工作室楼上的天台。

"这地方不错。"王子章张望了下四周灯火辉煌的街道，从这里可以遥望整个海口湾区的夜景。

我时常会在这天台望着市区发呆，尤其是傍晚的时候，没那么热，透着清凉，感受着大海吹来的微风。

"我是先看中这天台，才把工作室选这儿的。"我摸了下护栏。

靠着护栏的王子章又点着了烟："我要走了，回上海。"

"为什么？"我惊讶道。

王子章深深吸了口烟，"我太太过来了，她知道尹素儿的事，还要找她。我们闹到最后，太太答应不再找尹素儿，条件是我辞职跟她回上海。"

"你并不想回去吧。"

"其实也想走，就是放心不下他们。"

"是放心不下尹素儿吧。"我笑道。

"还有张伊达，尹素儿多点。"王子章回答得挺老实。

"她跟张伊达现在相处得挺好的，你就放心吧。"

"多亏了你。"

"喂，王总，别再说这种话了。大家朋友嘛，举手之劳而已。"

王子章随意点了下头，将一个袋子交到我手上："一点小心意。"

我接过一看，吓了一跳："王总不用这么贵重吧！？"

是佳能新出的相机镜头，加起来将近 4 万块钱。

"哎呀，没什么的。"王子章摆摆手，拍拍我的肩膀，"这些日子也麻烦你了。能认识是缘分，祝你的工作室越做越好。"

"谢谢王总。"

"那这样了，以后再见。"王子章起身就准备离开，又停下脚步，"对了，帮我照顾好他们。有什么事及时跟我联系。"

"放心。不用我照顾，张伊达会照顾好尹素儿的。"

"那就好，再见。别送了。"王子章朝我摆了下手，拉开天台的门。

"王总！"我喊住他，"如果能重来的话，你还会放弃尹素儿吗？"

"还会。"说完，进了天台的门。

这是王子章最后的答案。

不知道为什么，我很惆怅。

7

到了晚上，外交官刘洋给我打来电话。

"那个李双的女朋友在飞机上，但不是乘客，是个空姐。叫绫濑结衣。"

"什么？绫濑结衣！？"手一颤，我差点儿将王子章送的那台新相机摔在地上。

绫濑结衣！？

绫濑结衣！！

刘洋继续说道："我还查到一个信息，这个李双跟你还真有缘分。他考入东京大学之前，是在海口的海南大学读的本科。"

"刘参赞，谢谢！"

挂断电话，我立即找到绫濑结衣的电话拨过去。

还是没打通。

我终于明白为什么是绫濑结衣送行李来海口了，也明白了她为什么会来海口看棒球比赛。

因为李双！

我转而拨打何芮的电话，声音软绵绵的似乎还在睡觉，现在才几点！

"怎么了，我刚飞完下午，累死了。"

"原来是结衣！"

"什么？"

"是绫濑结衣！"

"啊？"

"那个李双！"

"李双！？"

我给急糊涂了，平静了下接着说："之前我说的那个留学生，在飞机上救过我的李双。知道吧？"

"知道，知道。"

"他的那个女朋友就是绫濑结衣！"

"啊？！"

"结衣一定来海口了！终于搞明白她为什么那么喜欢海口，为什么对那么多地方熟悉！原来是因为李双。"

"结衣在海口？你怎么知道的？"

"我刚才说的没听明白？"

"我刚睡醒，还没清醒，你等等，我洗把脸，马上过来！"

如果绫濑结衣来海口，她会在哪儿？

那个海滩？

现在大晚上的，她去那边不是很危险！？

我赶紧下楼开车去接何芮，然后赶去那个海滩。开了近一小时车才来到海滩。

我们拿着手电筒在漆黑的海岸上喊着绫濑结衣的名字。

"结衣！"

"结衣！"

"绫濑结衣！"

"绫濑结衣！"

我们的声音很大，但很快淹没在黑色大海的波涛声中。转了一圈没找到人，包括那个废弃的渔港码头。

回到车上，何芮满头大汗地问："你确定她来了吗？"

"棒球赛昨天结束，广州离海口那么近肯定过来，赵佳佳和藤原龙也都准备过来。既然他们都能猜到结衣来海口，那自然是没错，只是现在不知道她在哪儿。"

"要不然微信圈问问？"

"这样不太好吧！"

"人命关天！不是什么 PTSD 吗？要是出事怎么办？电话不接信息不回！"

"好吧，我认识一些模特，让她们发圈问问。"

"我这边也问下公司的朋友，一些空姐认识的人多。"

等了几乎一天。

第二天下午临近傍晚，我从工作室的折叠床上爬起来，看到何芮发来微信。她昨晚回家睡觉了，说明天还要上班。此时应该飞完了一天航班刚落地。

微信是两个截图，第一个截图是评论区的回复："这女孩我在航站楼见过，长得很漂亮所以有印象，应该是昨天到海口的。"

第二个截图是微信信息："有朋友跑滴滴说见过，今早送她去了南郊。她一个女孩去那边，当时他还有点担心。微信圈这么一传，他建议最好报警，那地方是一大片森林。"

树海！

原来结衣去了树海！

我带她去的树海！

在赶去树海之前，我给何芮打电话。何芮说她还在机场，让我过去，自己稍后赶过去。

我这次开着车去树海，现在天色已黑。如果结衣一个人在树海里，那就太危险了！

夜晚的树海万籁寂静，只有夜风吹动的沙沙声，车子驶到树海的边缘，车灯穿不出浓浓的黑夜，树海深处是无尽的黑暗。我停步不前，不敢离开有光的地方。我害怕黑暗，从小就害怕黑暗。

我拿着手电筒走进树海，沿着小路走向车站。耳边不断传来沙沙声，恐惧感不断压迫着心脏，浑身的颤抖让我深感不安。夜晚那里什么都没有，只有黑夜和恐惧。这种黑暗，就像空难时，从飞机上看海平面的黑暗一样，只有深深的恐惧，别的什么都没有。

走了很久，眼前的路开始宽敞起来。突然碰到铁轨，再往车站的方向走。渐渐地我看见了灯光，隐隐的灯光越来越明亮。走近车站，才看清那不是灯光，是篝火。为什么这里有篝火？是结衣？

我加快脚步跑过去。越来越近，甚至已经听见树枝燃烧的噼啦声。

一个人坐在火边发着呆。是结衣。

"结衣！"我喊。

"唐泽？"结衣愣愣地看着我，"你怎么来了？"

"我要问你，你怎么来了？这么晚了不知道危险吗？"我走到她身边。

"不知道，我只是想静一静。"结衣把头低下，又看着篝火。

我安静地在她身边陪着她看篝火。车站外面已经没有什么可以看的了，只有黑色的树影在夜风中微微摆动。

"李双。"我深吸一口气说出这个名字，"他是我邻座，你知道的，对吗？"

隔着火焰，我看到她惊讶但很快平静的脸。

"对不起，我不想说这些。"

"你忘不了他，所以你来到这里。"

"好了，你别说了！"

绫濑结衣捂着耳朵尖叫起来。

这是我第一次见到结衣这么失态，甚至让我慌了神。

PTSD，这种病症一旦发作会产生极大的精神痛苦。有些人受不了会选择结束生命。

我发觉有点失态，为什么突然跑来告诉她最不想听的事情呢？

就因为我知道她那个准男友是李双，那个救了我的李双吗？还是因为那个模糊不清的准男友形象突然变得清晰，让我吃醋了呢？

直到结衣平静下来，我愣是站着没说话。等了好半天我试着小声说："结衣，我送你回去好吗？山里夜晚冷，还会有蚊子什么的。"

她摇摇头。

"听我说，有什么我们可以慢慢聊，我很抱歉刚才说那些话。我们先离开这里可以吗？"

她还是摇摇头。

我准备守她到天亮再想办法带她走。

可我不小心打了个瞌睡，睁开眼发现人不见了！

在四周找了半天找不到人，最后只好报警。正好何芮的电话打过来："我快到了，你在哪儿？"

"结衣趁我打瞌睡的时候跑了。我现在在树海里找她。"

"报警啊！笨蛋！"

"已经报警了，警察在来的路上。"

警察搜山，没找到结衣。

何芮见到我的时候我刚从南郊分局门口出来。何芮很担心地询问情况，我告诉她："警察相信我的话，但他们没找到结衣，他们准备增加人手扩大搜索范围。我告诉他们结衣患有 PTSD，可能会有危险。"

"树海挺大的，有山谷有溪流，我就怕她想不开做出什么傻事。你也真是的，怎么就打瞌睡了呢！"何芮埋怨道。

"是我错了，唉！"我挠着自己的头发。

"算了，你也别自责。我们先去喝点东西，剩下的就交给警察吧。"何芮拉着我往外走。

这时候几辆警车从我们身边开过，我看到车里两个刚才给我做笔录的警官。

结衣现在情况未明。李双两次救了我。

我不能就这样丢下结衣。

"何芮，我还是去树海一趟。"

"好吧！"何芮叹了口气，"你这热血一上头，拦都拦不住。"

我们来到树海时，除了警察还有消防人员在场，甚至一些专业搜救人员也在现场。他们拉出搜索线，一排排往树海深处走，每个人手里都拿着高瓦数手电筒，无数白色光柱扫过树海，照得通亮。

他们搜的方向是树海深处人少的地方。他们觉得结衣得了 PTSD 一定是想不开，找个没人地方的概率很大。

我抬头看了下天空，夜空渐渐发亮，地平线渐渐露出一点鱼肚白。

此时已接近五点，天马上就要亮了。

"为什么不查下那个李双以前是不是来过这儿，如果经常来，一定有某个地方是结衣一定想去追悼的。"何芮想到的这一点非常重要。

李双有微博和推特，人海茫茫不容易找，费了不少力气才找到，在上面搜索了下，发现树海有一个地方他常去，还写了一段："希望能和喜欢的人在一起。"

"这人原来也玩摄影!?"

我看到他微博后才发现这个秘密。

那个他说的地方,从摄影师的角度讲的确是个好地方。是树海高处的小悬崖,可以远眺大片树海,以及日出日落。但是位置难找,虽然在铁轨附近,但要绕过一个很难走的山丘。此时警察还没搜索到那里,他们排查的方法是不留死角,但我觉得这太慢,决定先过去。

给警察打了电话,他们说会派人跟我们去。

等不及警察到,我和何芮先结伴过去。

"你说她不会真想不开吧?"何芮边走边说。

"希望不是!你能不能别那么乌鸦嘴!"

"好吧!呸呸。"

我突然想起之前的事,说道:"话说回来,绫濑结衣知道一些拍摄的好地方,但又抗拒被拍照。之前我还觉得奇怪,以为她怕镜头,原来跟她这位准男朋友是摄影师有关。"

"应该是怕勾起痛苦的回忆。"何芮说。

小悬崖的地方不太好走,树林中的小路弯弯曲曲。此时天已经大亮,不用手电筒就可以看清林中的小路,初升的太阳将晨曦洒入树林,一条条光柱照亮林间万物。

视野清晰了,路就好走,速度也快了。我们很快就出了这片树林,沿着草地又走了两步,就看到了小悬崖。

结衣果然在悬崖上,她在小悬崖边的一棵大树下坐着,侧脸看着远处渐渐升起的太阳。

何芮拉住我，用口型对我说：慢点儿。

我明白她的意思。

"结衣。"我喊了声。

"唐泽，何芮？"绫濑结衣看向我们，淡淡地笑起来。

"你在干什么？"我问

"坐一会儿。"

"过来吧。"我示意她过来，但不敢靠近，怕刺激到她一翻滚就掉下去。

悬崖不高，可一不小心掉下去也不好受。

"不。"她摇摇头。

"别想不开。"我说。

"我每晚都很痛苦。"结衣凄然地笑了下。

"我知道因为 PTSD。"

"也许吧，其实我不知道是不是 PTSD，但大家都说是。每当我闭上眼，就是那天空难的画面，飞机破碎，血肉横飞。"

当她这么说的时候，面色苍白，两眼泛泪。

"我也是，我有时想起来，也会痛苦得难以入睡。"我说道。

"但你活下来了。"结衣说。

"你也活了。"

"但他没有。"

"很多人也没有活下来。正因为我们活下来了，就要好好地活着，虽然会很辛苦，但活下来比什么都好！"

结衣摇摇头。

她沉默了好一阵，看着我说道："我看到他救了你，然后死了。血肉模糊。"

这句话，如一把刀子刺过来。

冷不防地，我被刺中了。

她看到了她喜欢的人死去。

太残忍了。

我该说什么？

此时何芮站了出来："结衣，人死不能复生，你不要活在过去的痛苦里。你应该像太阳一样，去迎接新的一天，新的开始。"边说她边指着太阳。

我悄悄靠近两步："结衣，我刚知道李双喜欢摄影，跟我一样。所以我猜到你之前的一些行为都跟他有关。何芮说的没错，你大可不必勉强自己，但我知道人都很难从过去走出来。"

我突然想起尹素儿那招，反其道而行之。

标准办法不行，这个奇招也许会有奇效。

"喂，你说这个干什么？"何芮皱着眉头从后面掐我。

我摆摆手，让她退后。

再度靠近绫濑结衣。

"结衣，你听我说。我也可以像李双那样，保护你，带你去好地方游玩拍照，带你去吃好吃的，陪你在这里看日出。"

"你不是他。"绫濑结衣颤抖着说道。

"唐泽,你发什么神经!快闭嘴啊!"何芮压低着声音喊。

"没错,我不是他。但我拍照比他好,我会比他更了解,更能保护你。因为我还活着!因为我也喜欢你!"

"不,你不是他。"绫濑结衣摇着头,眼角滑下泪水。

"那你告诉我!在巴厘岛的时候,你拒绝藤原龙也的时候,你看我的眼神是什么?告诉我,那是什么意思?还有,在海口,你很多时候看我的眼神是什么?是看到李双,还是看到我?"

"不是的。不是的。"绫濑结衣拼命地摇着头。

"唐泽好了,别说了!"何芮在后面喊道。

"我也喜欢你!结衣,回来吧!来我这里。过来,让我好好保护,让我——"我伸出手。

"为什么?"绫濑结衣看着我的手。

"因为我喜欢你。"

"你只是想要个模特而已。一个日本模特。"绫濑结衣的双眼已被泪水模糊。

此时她漂亮的脸蛋上全是泪水。

"模特多得是,全世界多得是。但,你就只有一个,结衣。"我顺利走到她跟前。

就差一步。

"可我从你眼里看不到喜欢。"

"但我从你眼里能看到。"我顺着口说的,其实我一直看不懂绫濑结衣。

"看到什么。"

"看到喜欢。"

"那是喜欢吗？"

"我觉得是。"我张开双手，准备一把抱住她。

"因为他是李双，因为你是唐泽。"

结衣突然站了起来，面向我背向悬崖边。

"等下！"我冲了过去。

结衣往后一倒。

我凌空飞扑过去。

我听到耳后何芮凄声大叫："不要！"

然后，我就什么都记不得了。

再次睁开眼，发现自己躺在医院里。

何芮就坐在旁边玩着手机。我拉了一下她："何芮。"

她激动得大叫："你醒了！"

"结衣呢？"

"她——"

这时候我的父母和家人朋友都进来了。还看到了一个熟人——赵佳佳。

"佳佳？你来了？"

"嗨！"美艳动人的赵佳佳朝我打了声招呼，"我听说你和结衣的事，就赶过来了。

"结衣呢？"我又问了一次。

"送回日本了，这事后来弄得很大。还好现在都平静了。你也躺了大半个月。"

"这么久了？"

何芮这时进了病房，跟赵佳佳并排坐着。她告诉了我那天之后发生的事。

那天，结衣跳崖，我纵身一跃在半空中抱住结衣，借着我的惯性，我们撞在悬崖边的一处斜坡，滚了下去，下面正好是溪水。

我受了重伤，所幸结衣轻伤。她很快就被送回上海，然后转道回了日本。

"你真是运气好到爆。空难活了下来，树海悬崖也活了下来。你怎么不去买彩票啊！"赵佳佳揶揄道。

"能联系上结衣吗？"我现在最关心的就是她了。

赵佳佳摇摇头。"找不到，我打她电话总是关机。我昨天托朋友去找她，才知道她刚辞职，至于去了哪里就不知道了。"

"你自己都躺在病床上呢，还有空关心别人！"何芮在旁不满地说道。

"唉！我担心她回去又想不开。"我说。

"藤原龙也已经派人去找了。"赵佳佳说。

"那还好，日本是他们的国家，找人比我们这边方便多了。"

没多久，我就出院回家了。

何芮偶尔会来看我，还帮我打扫工作室。

等我康复可以自由下地，时间已经到了夏末。

"赵佳佳来信息说找到了结衣。"我边看手机边告诉坐在床边的何芮。

"你准备去找她？"

"嗯。"

"你还嫌命太长吗？"

"我要履行诺言。"

"我晕，悬崖上你说的话是真的？"

"不管是真是假，都要为说过的话负责，而且李双救过我，我也要救她。哪怕是假的话，也要真的去做！"

不想跟何芮继续吵下去。我回到工作室后给赵佳佳打电话，询问绫濑结衣的具体情况。

"她辞去了 JNA 的工作后，在函馆一带打工，好像在酒店做服务员。"

"我准备去日本找她，见见她，怎么样？要一起去吗？"我问道。

"为什么你那么积极，差点儿命都没了，为什么？"

"她一直活在痛苦中，因为李双的死。我是李双救的，我有责任把她从那种痛苦中救出来。"

"只是因为这个吗？"

"当然，还有……还有点喜欢吧？"

"所以巴厘岛那次你是有别的想法了？"

"喂，先解决眼前的事情好吧？"

"PTSD 可不那么容易好啊。你要跟她一起可要做好心理准备，你也不是藤原龙也那种有钱人，可以花钱医治请人照顾。以后的日子会很辛苦的。"

"总比什么都不做好吧！"我说。

赵佳佳只得苦笑："好吧好吧，大家一起去找结衣，有什么困难以后再说吧！"

到了出发那天，我和何芮登上飞往上海的飞机。

一开始何芮是反对我去的，然后她自己不想去，到最后拗不过只好跟着我去，理由是："万一你又冲动往哪儿跳怎么办？总得有人给你收尸送回去吧？"

"你就不能好好说话吗？"

我们到上海后，赵佳佳早早来接我们，"我们先在东京成田机场降落，然后转机飞往函馆机场，在那里下飞机后，我们再乘车去结衣的酒店。"

"路上要花多长时间？"

"我们坐早上的飞机，再加上中间转机的时间，傍晚时分就到了函馆。"

"那很赶呀。不能在东京休息一天吗？"何芮拿着日本地图看了半天，念念有词，"休息好了养足精神，顺便买点东京的礼物特产再去见绫濑结衣，不是很好吗？"

在候机厅的时候何芮和赵佳佳没怎么说话，很安静地在那里玩手机，大概要消失很久得跟朋友们报个备。另外，还不忘自拍几张发朋友圈。

在未来的一周，我们将在何芮和赵佳佳的朋友圈看到各种日本风光，至于有没有我入画，就拭目以待了。

"为什么你还带着那么多照相设备？"赵佳佳注意到我的大包小包。

"我是摄影师。去日本北海道当然要拍照了，我还没去过呢，不拍几张怎么行？而且我还带了一个模特来。"我指着旁边的何芮。

"滚！"玩手机的何芮抬头骂了一句。

"你真的是用心来找结衣的吗？"

"当然了，但职业习惯总是控制不住，就跟人要吃喝拉撒一样。"

"你这理由我该怎么反驳呢？"

"别反驳了。"

"厚脸皮也是摄影师的一项技能吗？"

"应该不是吧？"

我们就这么有说有笑地在机场过了一上午。

临近登机的时候，赵佳佳突然问："是不是有种感慨？"

她看着落地窗外繁忙的机场跑道，扭过头打趣地问我："又要坐飞机去日本了。"

"能有什么？"我无所谓地回答，"你是想问会不会害怕吧。是有点，但来都来了，还能担心什么呢？"

这时候何芮走过来："能不能说点别的，老是说这个，到时候见到结衣你们又张口说这个，有完没完？"

"肯定会谈到这个。"我说。

"你想好怎么做了吗？"何芮问。

"还在想。"

再次坐上飞机飞往日本，心里的确有阴影和忐忑。进了机舱我就心跳不停。

飞机慢慢滑行然后起飞，一瞬间，突然感觉身体的重心分离一下，然后，整个身体快速升上天空。窗外机场的景象像一块画布贴在窗口，仿如整个地面倾斜了一般。是飞机上仰的角度。

耳朵有种被堵塞的感觉，脑袋也开始沉重起来。

这种熟悉的感觉，勾起了那晚的回忆，紧接着恐惧感没来由袭上心头，脑海里疯狂地滑过那晚不堪回首的一幕幕。

我用力咬着牙，紧抓胸口，大口喘气。心，越来越慌张，呼吸越来越沉重。忽然有人抓住我的手，我抬眼一看，是何芮。她温柔地对我一笑："没事的，一会儿就好了。"

直到飞机恢复平稳飞行后，我终于平静下来。看着机舱窗外，云海浮动，一望无际。太阳轻轻地舔着云浪，将阳光投射在飞机纯白的机身上，泛着耀眼的光芒。

这段让我紧张的飞行很快便以飞机安全降落东京成田机场而告终。转机过程有了延迟，我们到达函馆机场已经入夜。飞临上空，就已经可以看见函馆美丽的夜景。

函馆，日本著名的港口城市，有"世界三大夜景之一"之称，另外两座城市是香港和那不勒斯。

　　刚下飞机，何芮就兴奋地做起导游介绍起来：

　　"函馆市，旧称箱馆，是一座位于日本北海道南部的城市，现为中核市，是北海道第三大城市，也是渡岛支厅办公室的所在地，是道南地区的行政、经济、文化中心。"

　　从机场到函馆市内的酒店，这一路上何芮滔滔不绝，以至于我不得不感慨："日本国家旅游局没聘请你真是一大损失啊！"

　　"我来过很多次日本了。除了以乘务员身份飞过来外，自己常跟朋友过来玩，光函馆就来了好几次。"何芮自豪地说道。

　　"真有钱啊。"我不由感慨，"我要出国玩一次还得省吃俭用。"

　　"没事，你以后想出国玩可以找我借钱，不算你利息。"何芮拍拍我的肩。

　　"哼——"赵佳佳在旁阴阳怪气地嘘声。

　　我知道她想表达什么，转移话题对何芮说："别光说历史地理，直接看观光手册不就得了。这里有什么好吃的好喝的好玩的？"

　　"当然有了！"她晃起白皙的手指，一脸乐呵呵的。

　　"对啊，对啊！吃饱了再去找结衣啦！"赵佳佳揉着自己的肚子说，"肚子都饿了。"

　　何芮立即打起响指介绍道：

　　"因为函馆靠海，所以有着丰富的水产资源，使函馆一年四季皆可品尝以新鲜鱼类为材料的寿司，味美价廉。吃的方面特产当然首选石狩锅了！"

"石狩锅？没听过。"我茫然地摇头。

她不紧不慢地开始解释："石狩锅是北海道具有代表性的地方风味，可将因产卵而逆流而上的鲑鱼由头到尾一丝不剩地利用起来。该料理因盛产鲑鱼的石狩川而得名。"

"好吃吗？"我问赵佳佳。

"没吃过怎么知道？"赵佳佳反问。

"刚才怎么听着像你吃过一样。"

"没吃过猪肉没见过猪跑啊？"

"今晚我们就吃这个吧！"何芮插话进来。

"还有什么呀！"赵佳佳真是个吃货。

她身材保持得很好，一直是个超模身材。我很好奇她这么爱吃，可吃的东西都去哪儿了，一点不影响身材。

"函馆盐味拉面和章鱼料理，还有各种各样的海鲜！"

"看来今晚可以好好饱餐一顿了！"赵佳佳转瞬又问，"函馆这里的酒吧街在哪儿？怎么走？"

"……"

不只是个吃货，还是个酒鬼。

出租车开到酒店，我们入住的酒店叫函馆山饭店。刚一下车，何芮就指着不远处城市的夜景尖叫起来："哇！好漂亮啊！"

"真漂亮。"

我拿出相机先拍了几张夜景，然后拉着何芮到好取景的地方，让她摆姿势拍几张。

"你真是到哪儿都不忘拍照啊!"何芮笑道。

"这么美的景,这么美的人,这么美的构图,当然得多来几张!"我连续按动快门。

拍了几十张后,我才收起相机。

何芮拿起手机继续拍照,不过是跟夜景一起自拍,边拍边喊:"哇!好好看!"

"是很漂亮的夜景,不过也不用那么激动吧?"我看着何芮深情地凝视函馆夜景的表情,"你不是来过好几次吗?怎么跟第一次来一样。"

"切!每次来都被这美景深深地迷住!"她是那种很容易被吸引又认真喜欢的女孩子,"知道吗!我们现在所处的地方叫函馆山!"她回过身子,指着地面异常兴奋。

"哦,是吗?"

我环顾四周,这是一座矗立在繁华大都会边上的山峦,从这里可以眺望整个城市。

然后看到赵佳佳在一旁自拍,我拿起相机准备给她一张,她赶紧躲开。

"你一直不想被相机拍,难道……"我半开玩笑地问。

"当然不是,我在相机里不上相。"

"不会啊。"

"有,因为以前给别的摄影师拍过,留下了阴影。"

"让我来帮你消除阴影吧。"我再次拿起相机。

她拿起手挡住："别，等着吧，等消除了再说！你去拍何芮吧。"

很泄气的我不得不去何芮那里找安慰，"何芮！"

函馆山是函馆市内唯一的一座山，位于函馆市区西端的沙颈岬。在天晴的日子里，不用说眼下的函馆市街，就连隔着津轻海峡的下北半岛也能眺望到。夜间，在沙颈岬中间，细长的市街上闪耀的街灯和漆黑的海面形成鲜明对比。

到了酒店客房，从窗口可以远眺函馆夜景。城市璀璨的灯光汇成一条条银河，一条条灯的河流又集结在一起，汇集成灯的海洋。远处的海面上，渔船的灯光犹如镶嵌在函馆港湾上的一颗颗夜明珠。抬眼望去，天上的星星、月亮也不示弱地在夜幕上泛着光，天上的银河与地面的银海汇集成一片，壮丽、迷人。

第二天醒来，等何芮和赵佳佳出来后，何芮带我们去吃函馆市内的早餐。

吃完早餐终于踏上前往结衣所在酒店的路程。结衣的酒店是函馆市内的五星级酒店。虽说是五星级酒店，却不大，五六层楼高。

我先走了进去，在前台见到结衣。结衣看到我，睁大眼睛呆在原地，好半天才开口："唐泽，你……"然后眼睛泛红，泪光闪闪。

何芮和赵佳佳立即走上去跟结衣打招呼说话。等三个女人唱完戏，终于轮到了我。

我想单独跟结衣待一会儿，其他人也明白，于是我和她在附近公园里找了长椅并肩而坐。

沉默许久后，结衣先开了口："你没事了。"

"没事。"我点点头。

"对不起。"

"别再说对不起了，没有谁对不起谁。"

"我回来后想了很多。"

"结衣，别再想了，再想你就真想不开了。"

"我每晚都会想起摔落悬崖的画面。"

"看来我不该救你。"我看着她说道。

"为什么？"

"你还是活在痛苦中。"

"是。"结衣点点头。

"还不如让你解脱。"我笑道，"但你现在不是好好的吗？"

"我在等你来。"

"我？"

"是的，我知道你会来找我。"结衣很认真地看着我。

她的回答让我不知所措，一切在脑海里想好的计划，全都在她的一句淡淡的回答下，被打得凌乱不堪。

"你在等我？"如果是何芮这么说我觉得一定是玩笑话，但结衣这么说那一定是认真的。

"你会来找找。"结衣突然嫣然一笑，"我了解的唐泽一定会来找我的。"

"好吧，你赢了。"我苦笑道。

接下来不知道该说什么好，真是计划赶不上变化。

最后结衣先说话了："上次我去海口你做主人接待我，这次你来日本，就换我来接待你吧。"

然后结衣向酒店请了假，做起我们的导游，带我们游玩日本。这个突如其来的变化让何芮和赵佳佳也很惊讶，原本想到的结衣会疯狂、会歇斯底里、会崩溃的情况都没出现，反而是我们认识的那阳光、温柔的绫濑结衣。

难道这几个月她想开了？

如果是这样，那就太好了。

我们去的下一站是札幌。到了札幌，何芮自告奋勇地做起了解说，按她的话说，这是除了函馆之外，她来日本第二多的城市。我很好奇怎么不是东京，至少可以去买买买呀。

"肤浅。"被何芮鄙视了一顿。

"到底谁肤浅，手机购物 App 购物车里的东西怕是把你家填满都装不下咯！"我反唇相讥。

"那装你家里啊！"何芮毫不示弱。

结衣在旁看了捂着嘴咯咯直笑："想不到这么久不见，你们的感情更好了！"

"才不是！更糟糕了！"何芮撇着嘴说。

此时我们站在札幌电视塔上，环顾着这座日本北部的大都市。

"札幌市位于北海道石狩平原西南部，是日本……"

何芮又开始在那儿秀自己丰富的地理知识了。

"拜托！以后可不可以不要每到一个城市就把这里的人文地理数落一遍？这让我们这些地理学渣很扎心，好不好！"赵佳佳大为不满。

"佳佳，你大概是想了解一下哪里有好吃好玩的吧？"结衣在旁边微笑着说道。

赵佳佳立即啧啧称赞："看看，看看！看看人家是什么样子的。"

何芮不满地一瞪："我叫唐泽咬你的哦。"

"唷——"赵佳佳又开始阴阳怪气地看着我们，然后看一眼结衣。

对我来说，札幌的夜景不亚于函馆。坐在大通公园的长凳上，看着夜景发呆，不由得想起何芮刚才说过的话："如果冬季来到北海道，可以在傍晚看雪景，吃着札幌拉面，人生大概就可以这样满足了吧？"

吃过晚饭后，我们下一站就去品尝赵佳佳最喜欢的札幌啤酒。

"以前来过一次，就是难忘这里啤酒的味道！"赵佳佳一副很神往的样子。

"喂，很少见这么爱喝啤酒的女生。"

"很多见的是什么？"

"喝洋酒的。"

"那是你少见多怪了。"

"切，今晚不醉不归啊！"我说。

"来呀，谁怕谁。你别到时候叫何芮帮忙。"赵佳佳丝毫不输气势，还把何芮拉了过来，"你别帮他啊！"

"怎么可能不帮，她是我的御用模特！"

"那结衣呢？"

"未来的模特。"

"感觉好像我高一级啊？"何芮笑了起来，但笑中带刀，"我以后是不是被顶替啊？"

"当然不会！好了！我们赶紧去喝酒吧！"我觉得再聊下去就是女人互相比较的环节了，那是最危险的境地。

不用搭车不用走多远，就在我们所在的大通公园里有不少庭院式的啤酒店。结衣给我们挑选了其中一家，坐在茂密的树荫下，半遮蔽的路灯灯光洒落在桌面上，将金黄色的啤酒杯印上耀眼的色泽。

一阵晚风吹过，沙沙的树枝摇动着一阵阵舒适的凉爽。何芮打了声喷嚏，入秋的北海道并不暖和，尤其到了夜晚，盖着被单，打开窗户，感受着北海道秋季的微凉，让人安然入睡。

"来！干一杯！"赵佳佳大大咧咧地端起酒杯喊叫。

"干一杯！"结衣也端起啤酒。很少见，好像第一次看她喝酒。

"干杯！"何芮也很开心。

酒过三巡，我已经有点微醺了，我真的不胜酒力。赵佳佳依然没事，玩起了手机，何芮居然也没事一般玩起手机。

结衣同样酒量很好，在旁边继续陪我小酌。

我看了下何芮，对结衣说："我们出去走走吧。"

"好。"结衣点头起身。

我又对何芮和赵佳佳说："我们出去走走聊一下，一会儿回来。"

"好。小心点别太远了。"何芮看看我们，眼神里有心事，但很快低头继续玩手机了。

我们走在酒吧外的林荫小路上，路灯的光透着树枝的缝隙洒落在石砖地面上。

　　走了一阵，我问她："以后你继续在酒店吗，还是要去别的地方？"

　　"不知道，可能会去别的地方吧。"结衣眼神有点迷离，看着远处的城市夜景。

　　"还会想他吗？"

　　"会。"

　　"为什么不开始一场新的恋爱？"

　　"因为脑袋里老是那天的画面，每晚都睡不着。走不出来了。"结衣舒展了一下身子，吐了口气。

　　"必须有人陪你，不然你太孤独了，总有一天你会受不了干出傻事来。"我很担心地看着她。

　　"谢谢。"结衣微笑着看着我，"是认真的吗？"

　　"认真。"

　　结衣看着我，眼睛泛着泪光，用力点点头："谢谢你，唐泽。"

　　第二天早上，我们出发前往下一站——大阪。

　　大阪市位于日本本州西部，坐落于近畿平原，面临大阪湾。大阪古时为京都的外港，与京都、神户合称为京阪神，是西日本、近畿地方、京阪神都市圈及大阪都市圈的行政、产业、文化、交通中心，也是大阪府府厅所在地。

　　车窗外出现一座日式城堡，在一片浓郁的树林和现代都市的钢筋混凝土中，显得格外醒目。我忙问："那是什么？"

结衣说："是大阪城。"

"这是历史上著名的大阪城，这座城堡与名古屋城、熊本城并列日本历史上的三名城。德川家康以两次大阪之役消灭了丰臣家，此后大阪城就成为德川幕府控制西日本大名的重要据点。后来……"

结衣带着我们一天逛完了大阪的重要景点。

晚上，我们到海边餐厅，品尝美味的大阪寿司、鳗鱼饭、大阪烧等等。当然了，还有在中国我同样爱吃的小吃章鱼烧，也就是章鱼丸子。终于品尝到正宗的章鱼丸子了，我吃了好几个。

"原来你喜欢吃这个？"何芮在旁说，"我还以为你只喜欢吃牛腩饭和海南粉呢。"

"鳗鱼饭我也爱吃。"

"那就多吃点！"何芮把自己的鳗鱼饭放到我跟前，"我吃不了那么多，你把我这份也吃了吧！"

"谢谢！"

结衣显得很安静，也把她那份推了过来。

在日本这些天，今天我胃口最好，大概因为大阪的食物很对胃口吧。

"我和李双是在这里认识的。"结衣突然这么说。

我们几个在吃饭的人一下停了筷子，愣愣地看着她。

"没事，只是突然想起。很抱歉，让大家困扰了。"结衣可爱地吐了下舌头。

这是她很少见的动作和表情，让我们都很意外。

大概大家都觉得结衣想开了，于是，晚上喝了很多酒。也许是因为札幌啤酒没什么度数，就放开了喝，结果何芮喝醉了，结衣也喝醉了。

我以为何芮喝醉了会向我扑来，没想到她直接倒在旁边赵佳佳的身上，所以半醉的赵佳佳只得照顾何芮回酒店。

而我，要背起喝趴在桌上的结衣。

我们四人回到酒店已是半夜，见赵佳佳和何芮进了房间，我才放心地把结衣背进她的房间。

扑通一下，我没把握好重心，不但将结衣扔到床上，自己也跟着倒到她身上。

结衣的身子很柔软，隔着衣服也能感觉到她身上的温热，是喝酒的原因吗？

我往她脸上看去，脸蛋红扑扑的，眼眸闭着。她睡着了？

漂亮的美人，婀娜的身段，散发着微微热气躺在柔软的床上。我是下来，还是……

还是下去吧。

突然结衣一个翻身，把我手臂压住，我跟着躺了下去。与结衣近在咫尺，这一幕，我突然想到何芮，那天与今天不一样，但又感觉似曾相识。

我的呼吸很沉重。我与结衣很近，混乱的气息间，已经分辨不出是结衣的还是我的。

仿如有股魔力，让我忍不住悄悄接近结衣的嘴唇。

接近的时间近乎一个世纪。

很久很久之后，我终于接触到结衣的嘴唇，在吸入她的鼻息时，我终于让彼此的嘴唇触碰在一起。

那种感觉就像嘴唇碰到刚刚凝固的牛奶果冻，柔软得让人无法抗拒。

我无法抗拒地深深地亲吻她的嘴唇。接着，我搂住她的肩膀，用力抱紧她。

咚！咚！咚！

房门被用力敲着。

我连滚带爬地爬下床，跑到房门边大气不敢出，通过猫眼往外看，居然是喝醉的何芮跟赵佳佳纠缠在一起。

她们怎么来了？！

对了！结衣是跟赵佳佳一个房间的，我们搞错了居然进了何芮的房间。

完蛋了！

"结衣！开门啊！"赵佳佳在外面喊。

正当我手足无措之时，一只白皙的手从我身边穿过，拉开了把锁，打开了房门。

我侧身一看，结衣默默地站在那里。

她，她是被吵醒了，还是根本没睡着？！

正想着这问题时，两个醉酒的女人冲了进来。何芮一下子扑到我身上，大口呕吐起来。

后来回想起来，这个夜晚不是很美妙。

第二天起床后，结衣跟什么事都没发生一样，如往常一样跟我打招呼。

她真的是睡着了吗？

也许是真的睡着了。

唉，看来是我想太多了。

结束了大阪之行，我们上了飞机，又经过了长时间的飞行，到了冲绳岛的那霸，开始了我们日本最后一站的旅行。何芮和赵佳佳欢呼雀跃。

"这一站在你心目中排名第几位？"我笑问何芮。

"太意外了，所以呢，以后就放到第二位吧。函馆还是第一位的！"何芮认真地点头赞成自己的想法。

冲绳以冲绳群岛为中心，还包括宫古群岛、八重山群岛等岛屿。冲绳为热带海洋气候，碧海蓝天，拥有众多美丽的岛屿、珊瑚礁和沙滩，被观光客奉为度假和潜水的胜地，旅游景点丰富。

冲绳历史上是琉球王国的所在地。自古以来与日本、中国、朝鲜及东南亚国家保持着紧密的文化交流和海外贸易，本地民俗跟日本其他地方有许多不同之处。

这地方对我们来说是一个很吸引人的景点。

但也是一个不愉快记忆的地方，因为与我发生空难的地方离得不远。起初我说还是不要去那儿，但绫濑结衣却说："我没事的，又不是同一个地方，而且冲绳那么大，我们可以去别的地方。"

所以，我们就决定来冲绳。

一到那霸机场，我立刻感受到了热带海岛熟悉的味道。来自海岛的我对这种味道有种莫名的归属感，而冲绳出名的日系原味，又让我这个摄影师忍不住拿出相机狂拍。

"你什么时候不拍照好好玩呀！"何芮忍不住嚷道。

"现在就在玩呀！谁说玩的时候不拍照？你看赵佳佳！"我指着在那儿拉着结衣自拍的赵佳佳。

"好吧！"何芮边说边拿出手机要跟我自拍。

"女人啊！"

"你说什么？"

"我说你很好看。"

自拍完，就该继续出发了。走到等车的地方，看到许多广告牌，其中一个是有名的日本女星新垣结衣的广告牌。

"新垣结衣啊！当年我的女神啊！"我在广告牌前驻足。

"新垣结衣就是冲绳人哦！"赵佳佳走过来看了一眼。她也认得，对身边的结衣说，"跟你就姓不一样啊！"

"很多人这么说。"结衣点点头。

"但你比她漂亮。"赵佳佳很认真地评价道。

"这话要小声点哦！"结衣做了个嘘的手势，然后吐着舌头笑道，"其实你也比她漂亮！"

"不要说实话嘛！"赵佳佳高兴地大笑起来。

"喂，你们不要这么大庭广众之下商业互吹可以吗？"我和何芮走在后面不满地说道。

"你觉得我比新垣结衣好看吗？"何芮突然拉住我问。

"你比她差多了好吗！"

"去死吧！"

如果只是专注在游玩上，冲绳是个很适合旅行、休闲度假的好地方。

我们在冲绳游玩的第一站不是那霸，而是冲绳的度假休闲胜地——石垣岛。到了海滩，才发现冲绳的海和沙滩实在太美了。看惯了海口的海和沙滩的我，见到冲绳的海和沙滩，也不由得连连赞叹。

尤其是石垣岛的底地沙滩，站在这里放眼一望，就像看到一块缀满钻石的地毯，让人第一眼便被深深吸引。而大海，更是让人像被吸了魂似的情不自禁冲向那片闪着蓝宝石光芒的海洋。

天空，纯蓝色，点缀着几道洁白的云彩。

何芮穿着比基尼泳装，走在我身侧，可爱漂亮的脸蛋，苗条迷人的曲线，赵佳佳和结衣也穿上了泳装，两人身材不比何芮差。三位美人一出现，顿时吸引了不少男士的目光，引起了小小的轰动。

"突然想起在海口的日子，就缺个张伊达和尹素儿了。"我坐在沙滩上对何芮说。

"下次可以一起来。"何芮说。

"不吃醋？"我问。

"你能不能别占这种便宜？"何芮鄙视地看着我。

"不然占什么便宜？"我笑问。

"这种！"何芮一把将沙子倒在我脑袋上，然后跑掉了。

"何芮！你等着！"

不一会儿，结衣来到我身边坐下，看着远处的何芮说："她真好。"

"哪里好了，没有你好。"我对结衣说。

"你更好。"结衣笑道。

"跟我回中国吧。"我突然说。

"回中国做什么？"

"什么都可以。"

"做你模特吗？"结衣笑道。

"当然！在海口找个地方，开个小店，卖卖日料。有空时大家一起出来拍拍照，吃吃喝喝。"

她向往地抬起头，"嗯，听起来就很不错！考虑一下。"

"别考虑了！答应吧！"我迫不及待地说。

"对了，给我拍张照吧！就一张！"结衣伸出手指。

我兴奋地立即拿起相机："来了！"

她侧身回过头，灿烂地一笑。

我按动快门，拍下了绫濑结衣最好的一张照片。

这张照片，帮我拿到了索尼世界摄影大赛的大奖，后来一直安静地被放在我的工作室里。

临近黄昏，碧蓝的海水色泽也暗淡了许多，渐渐落下的夕阳，为海面披上了一层金色的纱衣。直到此时，我们才不舍地游上岸，赵佳佳不知何时已经跟一位金发碧眼的洋帅哥搭上了话。

"走了！留个电话就行了，还想干吗啊？"我拖着赵佳佳往后走。

"喂！不要这样，还没完呢！"赵佳佳不满地噘起小嘴，挥动拳头要打我。

然后何芮走过来，我以为她会帮我，结果一脚把我踢翻在地。"乱占什么便宜！还有，关你什么事！"

"对！揍他！"

"好了！大家去吃饭吧！"还是温柔的结衣出来救了我。

"……"

我们在一处海边度假村吃的晚饭。刚吃完，赵佳佳又跑回海滩找她的洋帅哥去了。何芮去旁边打电话，跟她家里汇报这几天的旅游见闻。

剩下我和结衣坐在木椅上。

"回到东京就要登上回国的飞机了。"我看着入夜的苍穹和尚有微光的海平线。

"我就不跟你们回去了。"结衣说。

"好吧。"我失望地点点头，但还是说，"不然你考虑一段时间再决定来不来吧。"我还是希望结衣过来，依然不放心她。

"好。"结衣点点头，欲言又止。

"怎么了？想说什么？"我问。

"谢谢你，唐泽。"结衣的声音很轻柔。

"不，我要谢谢你。"

"谢我什么？我给你造成了那么多麻烦。"

"你给了我最好的夏天。"我说道。

"夏天？"

"就是你来海口的夏天呀。"

"谢谢。"结衣开心地笑了。

"跟我走吧。"说这话的时候，我脑海里开始计划她明年来之后的行程。

"好。"她点头道。

"结衣，认识你真好。"

"唐泽，我也是。"

两天后，我们回到东京。日本行，就这么走到了最后一站。结衣不能马上跟我们回去，因为签证和手续。我等着她手续办好再把她接到海口来。

以后的日子怎么样，再说。

成田机场。

"就到这儿了，不用送了。"站在安检口前，我对站在跟前的结衣说道。

"唐泽。"结衣轻轻抬起手，微笑道，"再见了。"

"嗯，海口见。"

8

一周后，我收到了一份结衣邮寄给我的亲笔信。

唐泽：

想对你说，对不起。

我来到海口见你，是因为我想看看李双奋不顾身救的人是怎么样的人，到底是不是一个值得救的人。

我亲眼看着李双为了救你被漩涡吞没，我在海水里活了下来，看到了李双的样子。我一直无法摆脱空难的那一夜，那一幕一直折磨着我许多个日日夜夜。直到见到你，跟你们度过夏天，才让我在夜里能稍稍入睡。

在树海的时候，你救了我。谢谢你！

但我无法答应在冲绳给你的承诺，请原谅我的脆弱，也很抱歉下一个夏天不能再去海口见你了。

也许某一天我们会在世界某个地方偶遇吧。

希望你成为一位伟大的摄影师。

綾濑结衣

就这样，再也没人见到结衣。

三年后的夏大。

天空蔚蓝，白云挡不住耀眼的阳光。

我坐在天台的遮阳伞下发呆。

来了微信。

是张伊达发来的照片。一张是尹素儿坐在圣托里尼的白房子上的照片，一张是张伊达搂着尹素儿的照片，一张疑似尹素儿的婚纱照。

我回复：好消息！？

张伊达：哈哈！是的！

很好奇，他们的合影是王子章拍的吗？两年前听说王子章辞了工作，做起一个环游世界的摄影师，出发前来海口找过我。后来很少联系我，因为他经常出入一些手机信号不太好的区域。

但我一直保持着跟他的联系，也许有一天他会遇到我想找的那个人。

尹素儿越来越漂亮了，是因为张伊达的陪伴吧。带着一个漂亮的女朋友四处旅行边走边拍，一直是我的理想。

而如今……

正想到如今的时候，天台的门开了。

"喂，大好的天气，就坐在这儿呀！"何芮围着连衣裙叉着小蛮腰走到我跟前。

"昨天拍了一天，累死了！现在只想瘫一天！"我注意到何芮今天穿着一条牛仔短裤，白皙修长的长腿外露，"夏天到了，过几天去海边拍你泳装吧！"

边说边摸了下她的腿。

"又是泳装！还拍不够呀！"何芮嗔怒道，啪的一声把一封厚厚的信拍在我脸上，然后走了。

我坐起来打开信封，是索尼世界摄影大展的邀请函。

邀请函附着我的参赛作品的缩略图，是去年夏天在冲绳拍的那张《夏日回眸》。里面的女主角，是一个本该在夏天出现在这个城市的女孩。

照片原片我已经看了无数次，但依然莫名地看着出神。

邀请函下面，夹了两张票，是中日棒球大赛的门票。一瞬间，将我的思绪拉回到那个夏天，蓝天白云，长裙随风飘逸，迎着阳光的笑容。

我走下天台，拿上相机背上背包走下楼。

现在工作室楼下有一家水吧，是何芮开的。她雇了一个女孩和自己一起经营。因为何芮的颜值，周边的人都叫她"水吧西施"，所以生意不错。

我走进水吧，自己到后台打了杯冰水，然后亲了一下何芮："去看比赛吗？"

"看比赛？那么热，不去。"何芮噘起嘴，摸了下我的手。"谁给你的票。"

"索尼世界摄影大展，他们送的。比赛正好是今天。"我晃了下票。

但何芮关心的不是门票，"你哪件作品被选中了？"

"冲绳那张。"

"太好了！"何芮开心地笑起来，伸手摸着我的头，"我就知道那张照片会被选中的！结衣如果知道了也会高兴的！"

"那我自己去看了！"我转身准备离开水吧。

"中午记得早点回来吃饭！"何芮在后面喊着。

"当"的一声清脆的金属响声，一颗白球飞越看台。

四周稀稀拉拉响起欢呼声和掌声。这里还是那么冷清，观众稀少，但双方的球员依然很努力。

看到那远处三三两两坐着的人，我甚至会忍不住去寻找结衣会不会就在里面。

思绪突然间回到了三年前的那个初夏，也是在这里，也是那条淡蓝色连衣裙。

树海，山谷。

从那以后，我再没去过。

我又借了那辆摩托车，出了城市，前往树海。

到了树海，沿着当年的小路一路步行，拨开树枝走在林荫小道上。阳光细碎的斑斓不时闪耀着眼睛，洒在脸上，暖洋洋的。树叶的浓郁气息飘荡在鼻尖，带着清新的舒适。

　　走出树林，眼前是熟悉的铁轨蜿蜒着奔向废弃的站台。

　　站台依然不变，还是那么幽静。

　　沿着铁轨继续走，很快就到山谷的入口。

　　走进山谷听着小溪的流水声，来到吊桥下踏着鹅卵石光着脚走进溪水里，一阵清凉。

　　这时传来轻轻的人语声。

　　回眸……

出 品 人：许 永
策　 划：文　能
出版统筹：海　云
责任编辑：许宗华
特邀编辑：雷　彬
责任校对：雷存卿
封面设计：海　云
封面摄影：唐　泽
版式设计：万　雪
印制总监：蒋　波
发行总监：田峰峥

投稿信箱：cmsdbj@163.com
发　　 行：北京创美汇品图书有限公司
发行热线：010-59799930

创美工厂　　　　　创美工厂
微信公众平台　　　官方微博